No puedo perderte

Capítulo uno

ALYSSA Halloway vio por el rabillo del ojo a su mejor amigo, Mark Cook, que se dirigía a la puerta.

—Te pillé —murmuró dejando el trapo sobre la encimera y corriendo tras él.

Mark llevaba una semana ignorándola y comportándose como un cretino todo el mes y Alyssa quería saber qué estaba pasando.

Mark abrió la puerta de cristal y salió al gran porche del rancho Morning Glory, el hogar de su familia. Alyssa se coló tras él antes de que la puerta se hubiera cerrado.

—Fuera —le dijo Mark.

—No puedes huir de mí toda la vida —contestó ella.

Mark agarró la escalera que estaba apoyada contra el muro y bajó los escalones en dirección al jardín.

—Venga, Mark, llevas todo el día comportándote como un niño pequeño —gritó Alyssa siguiéndolo.

—De eso nada —dijo él con aquella calma que a Alyssa sacaba de quicio.

Mark abrió la escalera y se quedó mirando el tejado. Alyssa, tras él, se cruzó de brazos y esperó impaciente a que la mirara. Esperó sin éxito, ya que Mark solo tenía ojos para la escalera.

«¡Estúpido vaquero!», pensó Alyssa.

Mark fue hacia el porche para agarrar el letrero que Alyssa había pasado buena parte de la noche haciendo, pero ella se le adelantó y se lo puso a la espalda.

—Si lo quieres, vas a tener que hablar conmigo —le dijo con una ceja enarcada.

—La verdad es que no lo quiero —contestó Mark—. Eres tú la que quiere colgarlo.

Alyssa apretó los dientes, pero no le dio el letrero. De momento, había conseguido que le hiciera caso.

—Tienes razón. Quiero colgar el letrero y a ti también porque no sé qué te pasa últimamente.

—Tranquila, Lis —dijo Mark.

—¿Y bien? —insistió ella—. Llevas semanas pasando de todo mientras los demás nos matamos para tenerlo todo a punto. ¿Se puede saber qué te pasa?

—No me pasa nada. Simplemente, tengo cosas mejores que hacer que colgar letreros, mover muebles y sacar brillo a todos los objetos de la casa —contestó Mark molesto.

Alyssa observó con sorna que se estaba poniendo rojo. No pudo evitar sonreír porque era realmente raro verlo tan airado.

A Mark no le hizo ninguna gracia la sonrisa y, en un abrir y cerrar de ojos, le arrebató el letrero y se alejó de nuevo.

Alyssa se retiró un largo rizo de la cara y fue tras él.

—No es bueno que te lo guardes todo —le advirtió—. Deberías hablar de las cosas que te molestan y...

—Sujeta la escalera —dijo Mark sin mirarla.

Alyssa obedeció y Mark subió a colocar el letrero.

«Bueno, al menos, disfruto de la vista», pensó Alyssa sintiendo el familiar cosquilleo en la tripa.

Mark no era un tipo grande, como sus hermanos, pero estaba fuerte. Aunque no era mucho más alto que ella, había algo en él que la volvía loca. Durante muchos años había sido objeto de atención de muchas chicas porque, aparte de guapo, era considerado, no como sus hermanos Ethan y Billy.

A Alyssa también le parecía una buena persona y aquello le gustaba, pero para ella Mark era mucho más.

«Son sus ojos», pensó mientras observaba cómo se sacaba los clavos del bolsillo de la camisa. Tenía unos ojos azules claro que parecían atravesar con la mirada. Tenían una forma de mirar y de estudiar que asustaba.

Eran unos ojos cautivadores y...

«Y mejor que dejes de pensar en ellos y en su dueño», se dijo Alyssa.

—No sé dónde está el problema —comentó—. A la izquierda —le indicó—. Al fin y al cabo, esto va a ser bueno para el rancho.

—¿Ah, sí? ¿Tú crees? A mí me parece que tener a una estrella del cine por aquí no es nada bueno...

—¡No es una estrella cualquiera, sino Dirk Mason! —exclamó Alyssa defendiendo a su actor preferido.

Mark la miró y parpadeó varias veces seguidas para burlarse de ella. Alyssa intentó no reírse, pero no pudo evitarlo.

—¿No estás exagerando un poco? —le preguntó—. Dirk Mason es una estrella internacional —añadió al ver que Mark no contestaba.

—¿Y eso qué quiere decir? —dijo él de forma despectiva.

—En Tailandia, la gente se muere por él.

—¿En Tailandia? Pero si allí ni hablan inglés. No es él lo que a la gente le gusta, sino su trasero —remarcó refiriéndose a sus continuos y gratuitos desnudos en pantalla.

Aquellos continuos y gratuitos desnudos eran uno de los pocos placeres de la vida de Alyssa.

—A mí me lo vas a decir —sonrió.

10

«Pobre, lo está llevando fatal», pensó de repente.

—No, en serio, Mark, ¿qué tienes contra Dirk Mason? También es tu actor favorito, ¿no?

—No es por él —contestó Mark— sino por el revuelo que hemos montado por su llegada.

—¿A qué te refieres?

—A que se ha interrumpido nuestra vida normal. Mira lo que no estamos haciendo por estar aquí colgando el cartel, por ejemplo —se quejó—. Mi familia se ha vuelto loca con este asunto. A mi madre le ha dado incluso por redecorar el salón.

—Le iba haciendo falta —le recordó Alyssa—. Era de los años cincuenta.

—Mi padre se ha comprado un coche nuevo —continuó Mark sin prestar atención—. ¿Para qué lo necesitamos?

—Supongo que no quería pasear a un actor en una ranchera que olía a estiércol.

—Billy no ha hecho más que montar a caballo para lucirse en el rodeo.

—Eso no ha cambiado mucho. No suele trabajar nunca.

—Y tú vas por ahí como una adolescente enamorada. La semana pasada se te quemó la cena y tuvimos que comer huevos revueltos.

—Que nos encantan a todos —se defendió Alyssa.

Se habría sentido avergonzada y hubiera sido ella la única en emocionarse por la llegada de Dirk Mason, pero, efectivamente, había sido toda la familia. Era cierto que el ritmo de trabajo había bajado, pero el Morning Glory sobreviviría. Sin embargo, no estaba tan segura de que Mark lo consiguiera.

—Y esto es solo para darle la bienvenida —añadió Mark—. ¡No me quiero ni imaginar cómo será cuando llegue!

—Mmmm —dijo Alyssa.

La tentación de tomarle el pelo era demasiado fuerte y, aunque se había propuesto tomarse en serio el enfado de Mark por la llegada del actor, no podía evitar reírse de él. Se había pasado casi toda la vida aguantando sus bromas y, ahora, le tocaba a ella.

—Imagínate a Dirk Mason sentado en mi cocina, bebiendo mi café en una de mis tazas, riéndose sobre alguna ocurrencia mía o, tal vez, montando a caballo. Tras un duro día reparando las vallas… —susurró.

—Reparar vallas no es tan duro —puntualizó Mark.

—Ya, pero llegará todo sudado —continuó Alyssa mordiéndose el labio inferior.

—Estamos en mayo. Si se descuida, le nieva encima…

—Se quitará la camisa... lentamente...

—Venga, Lis, no me intentes hacer creer que tienes ese tipo de fantasías.

—No podrá resistirse a mis atractivos, a mis encantos, a mis...

—¿Guisos de carne? —le espetó Mark—. Vuelve a la realidad, Lis. No eres más que un peón de rancho.

—Ay —susurró ella sonrojándose.

Como lo conocía desde hacía tanto tiempo no se podía enfadar por semejante comentario ya que sabía perfectamente a lo que se refería. Lo que Mark había querido decir era que era demasiado práctica para imaginarse a un actor sin camisa, demasiado cauta para imaginarse a un hombre sonriéndole. Los actores de cine no se enamoraban de una cocinera de rancho.

«Me pregunto con qué crees que fantaseo», pensó.

¿Se creería Mark que, como era cocinera, estaba todo el día pensando en recetas?

«¿Para qué sirven las alubias aparte de para cocinarlas?», bromeó para sí misma sonriendo.

Tal vez, como se había licenciado en Veterinaria en diciembre, ¿creía que se pasaba el día pensando en la peste porcina o en las infecciones derivadas del alambre de espino?

Tras veintiún años de amistad con Mark,

tendría que estar acostumbrada ya a que la tratara como a otro peón o como a una hermana pequeña.

Claro que una cosa era estar acostumbrada y otra, que le gustara.

Se había pasado muchos años suspirando por él y que la tratara como a una hermana había sido una tortura.

Lo observó. Estaba sudando y secándose la frente con la manga. Sintió que el corazón le latía un poco más rápido. Solo un poquito. Como siempre. Como desde que lo conocía.

Se habían conocido el día en el que Alyssa se había escapado de casa y de la ira de su padre. Iba andando junto a la alambrada de espino que separaba los ranchos de las dos familias. Wes Halloway, su padre, no era tan buen ranchero como Mac Cook, el padre de Mark, y aquello lo reconcomía hasta hacerlo estallar de amargura.

Vio un animal atrapado en los alambres y creyó que era una ternera, pero, al acercarse, comprobó que se trataba de un perro gordo. Ya casi había conseguido liberarlo cuando apareció un chico rubio al que el perro recibió con gran algarabía y hacia el que corrió sin previo aviso. Así fue como Alyssa se vio metida entre los espinos, con la piel lacerada, y llorando desconsoladamente.

Cuando el muchacho rubio y de ojos azul

pálido se acercó a ella e intentó reconfortarla, no pudo dejar de llorar y siguió haciéndolo mientras él la liberaba de la alambrada.

Era como si siempre hubiera sabido que aquel chico le iba a romper el corazón.

Su salvador le dio un caramelo y le presentó a su perro, Queenie.

—¿Por qué está tan gordo?

—Porque le gustan los Popsicles.

—A los perros no se les dan caramelos —lo habría reprendido Alyssa. Al hacerlo, se le había caído el suyo de la boca, pero ella, tras examinarlo y quitarle una hoja, se lo había vuelto a meter.

—No soy yo, sino mi madre —dijo Mark.

Para una niña que estaba acostumbrada a terribles silencios y a gritos, su voz era como un bálsamo.

—Deberías ponerlo a régimen.

—Ya…

—¿Y por qué se llama Queenie si es un chico?

—Porque todos los perros de casa, sean chicos o chicas, se llaman así. Mi padre dice que es más sencillo.

Alyssa se había quedado pensativa.

—Estás sangrando —apuntó el chico mirándole la camiseta desgarrada en la espalda.

Alyssa se había mirado también y había

descubierto que el último moratón seguía allí, amarillo y violeta.

—¿Qué te ha pasado?

—Me caí —mintió.

Como no había empezado a ir todavía al colegio, no estaba acostumbrada ni a aquellas preguntas ni a mentir, así que no sonó muy convincente.

Mark se había quedado mirándola y ella se había dado cuenta de que no la había creído.

—Por favor, no se lo digas a nadie —le había pedido llorando de nuevo.

Alyssa no sabía si para que se callara o porque no se daba cuenta exactamente de lo que estaba haciendo, pero Mark le había jurado allí mismo que jamás lo contaría.

Pronto se hicieron inseparables.

La madre de Mark, Missy, no tardó en tomarla como si fuera su propia hija. Su propia madre lo había permitido, feliz de que alguien cuidara de su pequeña.

Solía cenar en el rancho todas las noches y se quedaba a dormir a menudo. Con el paso del tiempo, tuvo hasta su propia habitación.

Cuando Mark se sacó el carné de conducir, comenzó a llevarla a todas partes. Al colegio, a la ciudad, a diferentes actividades. En la cabina de su ranchera, Alyssa había empezado a sentir por él algo importante.

Durante el instituto, mientras todas sus amigas experimentaban con los chicos, ella se pasaba los días esperando a que Mark la besara. Había esperado y esperado y, en un abrir y cerrar de ojos, se le había pasado la vida.

Había confiado en que se le pasaría, en que sería un capricho, pero no había sido así.

Había ido a la universidad en Billings, lejos de Mark y de sus ojos azules. Sin embargo, como el Morning Glory era su hogar y el único hombre del mundo que hacía que se le acelerara el corazón estaba allí, volvía todos los veranos para ocuparse de la cocina.

«Eso era entonces, pero ahora es ahora», se dijo observando cómo Mark terminaba de colgar el letrero.

Ya no sentía nada por Mark Cook. Cuando llegara septiembre volvería a Billings porque le habían ofrecido un par de trabajos y había un chico muy guapo que vivía en el mismo edificio que ella y al que estaba decidida a conocer.

Había llegado el momento de dejar atrás los amores de niña y de encontrar a un hombre que viera en ella algo más que a aquella pequeña maltratada y bocazas.

«¿Dirk Mason, tal vez?», pensó sonriendo.

—Mark, se supone que lo tienes que colgar, no destrozarlo —dijo Billy, su hermano pequeño.

Mark no contestó y Alyssa puso los ojos en blanco.

—Pasas demasiado tiempo con Ethan y te estás volviendo de lo más maleducado.

Era cierto que su hermano mayor había sido la persona más hosca y desagradable del estado hasta que Cecelia Grady había entrado en su vida.

Ella lo había suavizado mucho y su hija recién nacida había hecho el resto del trabajo. Ahora era uno de los hombres más amables de Misisipi.

Alyssa observó a Mark y se dio cuenta de que los fuegos artificiales estaban a punto de estallar. Entre Billy y ella lo habían conseguido.

—¿Estás enfadado por algo, Mark? —le preguntó su hermano.

Mark dejó el martillo y Alyssa sonrió disimuladamente.

—¿Te haces una idea del incordio que va a ser ese hombre? —bramó.

—Es un actor, Mark, no un agente del gobierno, ni un agente de policía, ni un abogado, ni... —miró a Alyssa para que lo ayudara—. ¿De qué hacía en la última película?

—De cazador de extraterrestres.

—Eso es —sonrió Billy—. No es un cazador de extraterrestres tampoco…

—Es solo en el cine —apuntó Alyssa.

—Ya veo que seguís sin tomároslo en serio.

Billy miró confuso a Alyssa, que se encogió de hombros.

—No es para tanto, Mark. Dirk Mason viene a casa durante tres semanas para que le enseñemos a hacer de vaquero en su próxima película.

Alyssa no pudo evitar chocar las palmas y reírse. Lo hacía siempre que «Dirk Mason» y «vaquero» iban en la misma frase. Los hoyuelos de Dirk, a caballo al atardecer con unos vaqueros bien apretados. ¿Qué más se podía pedir?

—¿Por qué aquí? —se quejó Mark—. ¿Por qué ahora? Tengo mil caballos para domar. Ethan está muy ocupado con la niña y tú no haces nada.

Billy ignoró el insulto y, para deleite de Alyssa, siguió picando a su hermano.

—Es un favor que papá y mamá le hacen a un amigo de Samantha —contestó Billy refiriéndose a su hermana, que trabajaba como trabajadora social en Los Ángeles.

Hacía tres meses, Mac y Missy Cook había anunciado que, tras muchos ruegos y lloros por parte de la benjamina, habían decidido permitir que Dirk Mason pasara tres semanas en su casa aprendiéndolo todo de la vida de un vaquero.

—Mark, no creo que haga nada. Seguramente, se limitará a sentarse en el porche y a observar. Va a ser pan comido.

Mark gruñó algo y siguió martilleando el letrero, que se le resistía. Billy le guiñó el ojo a Alyssa y se subió al porche. Se puso bizco y se colocó ambas manos en las caderas.

—¿Me ignoras, hijo? —dijo imitando a la perfección al policía neoyorquino Joe Edge, interpretado por el que iba a ser su invitado—. Porque, si me estás ignorando, tengo algo para ti —añadió haciendo se sacaba una pistola del cinturón.

Alyssa vio que Mark intentaba no reírse, pero era su película preferida y Billy imitaba de maravilla los diálogos.

—¿Me sigues ignorando? —insistió—. Muy bien —añadió sacando otra supuesta pistola—. A ver si así te convenzo —dijo escupiendo.

Mark sacudió la cabeza y sonrió.

—¿Me vas a hacer caso antes de que te vuele los sesos? —concluyó Billy paseándose por el porche.

Alyssa decidió participar y ocupó su lugar. Bizqueó y comenzó a recitar su diálogo favorito de *Por encima de la ley*, un drama de abogados.

—Señorita —aulló—, me parece que tengo lo que está buscando, pero está un poquito más arriba.

Mark se rio y se le soltó el letrero.

—No soy ningún héroe —intervino Billy—. Solo me dedico a poner a los extraterrestres donde deben estar...

—A seis años luz de aquí —concluyeron Billy y Alyssa a la vez imitando al personaje de Dirk Mason en la última película del verano, *Superpolicías galácticos*.

Alyssa juntó las manos y parpadeó varias veces, como el personaje femenino de *Amor en el último tren a Manhattan*, la única comedia romántica que había interpretado Dirk.

—¿Adónde vamos? —susurró.

—Donde tú quieras, preciosa. Donde tú quieras —contestó Billy apoyándose en la escalera y levantándose el sombrero como hacía Dirk Mason.

Su peso fue suficiente para que Mark perdiera el equilibrio y soltara el letrero, que quedó colgando sobre el porche tras golpear a Billy y mandarlo al suelo. Para evitar el golpe, Alyssa dio una voltereta de kung fu y saltó la barandilla para ir a aterrizar graciosamente sobre el césped. Mark, que estaba intentando atrapar el letrero, salió volando cuando Alyssa golpeó la escalera. Antes de aterrizar de espaldas entre una nube de polvo, atrapó el letrero y lo arrancó sin querer.

Alyssa abrió los ojos y se encontró con un par de botas relucientes. Subió la vista y sintió que se moría.

—Dios mío —murmuró.

—No te preocupes, Lis, estoy bien —dijo Mark quitándose el letrero de la cara.

—Dios mío —repitió algo histérica.

—De verdad, Lis, no ha sido nada —le aseguró Mark sentándose y quitándose el polvo.

Alyssa se dio cuenta de lo que iba a decir.

—No lo digas —le pidió muerta de vergüenza.

Demasiado tarde. La frase de *Comando de primera línea*, su película favorita, ya estaba saliendo de su boca.

—He tenido citas más dolorosas —dijo imitando la voz del soldado capturado y torturado durante tres horas y girando la cabeza para escupir exactamente igual que Dirk Mason en la filmación.

—Eh, esa línea es mía —dijo el actor.

Capítulo Dos

MALDITA sea», pensó Mark.

Giró la cabeza y vio a Billy llorando de risa en el suelo del porche. La giró un poco más y vio a Alyssa sonrojándose y mirando a la persona que estaba justo detrás de él.

Aquello no le daba buena espina.

Se puso en pie y se dio la vuelta por completo para encontrarse con el ídolo de masas, Dirk Mason.

«Maldita sea», se repitió.

Aquella estrella del celuloide era una estrella del celuloide. Llevaba un increíble traje negro, que había quedado cubierto de polvo, camisa azul con corbata a juego y gafas de sol. Un rayo de sol reflejó en la puntera de plata de las botas, obviamente recién estrenadas, y dio a Mark en los ojos.

—Soy Dirk Mason —se presentó el actor.

Con la vergüenza, Mark dijo lo primero que se le pasó por la cabeza.

—Es más bajo de lo que parece.

—Dios mío, Mark —intervino Alyssa—. No le haga caso, señor Mason. Mark no es más que un vaquero y usted es... perfecto

—suspiró.

—Por favor, llámeme Dirk…

—¿Cómo que no soy más que un vaquero? —interrumpió Mark molesto.

—Es todo un honor que hayas venido, Dirk —dijo Alyssa ignorándolo y estrechándole la mano al actor con tal fuerza que le movió la cabellera negra.

—Este es Guy, mi ayudante —contestó Dirk librándose de las manos de Alyssa y señalando a un hombre que estaba a su lado.

Mark lo miró confundidos. ¿Se creía que iban a un safari? ¿Por qué llevaba un chaleco con mil bolsillos, un sombrero colonial y botas militares? ¿Para qué llevaba un silbato colgado del cuello junto a una linterna y un inhalador contra el asma?

—Encantado —dijo Guy tendiéndole la mano.

Mark se la estrechó y, en ese momento, sonaron dos teléfonos y Guy se dio la vuelta para atenderlos.

—Yo soy Billy —dijo su hermano con total naturalidad—. Te pedimos perdón. No solemos hacer el ridículo todos los días así.

—No todos los días veo yo actores tan buenos —bromeó Dirk—. ¿Lo teníais ensayado?

—No, siempre improvisamos —contestó Billy.

No hubo ocasión de seguir hablando, porque llegó el resto de la familia.

Mark se quedó mirando con la boca abierta. Su madre llevaba un vestido y se había pintado los labios. Su padre, que no se arreglaba ni para ir a misa, se había puesto una cazadora deportiva y no la camisa de franela de siempre.

Aquello era lo que lo estaba volviendo loco. Su familia desdoblándose para impresionar a un actor. Llevaban un mes hablando solo de él. De su belleza, de su talento, de sus dotes interpretativas... En el caso de Alyssa, también de su trasero.

Su familia, que era amable, decente y trabajadora, se sentía en la obligación de arreglarse y vestirse de forma diferente a como lo hacía normalmente para halagar a Dirk Mason. Y Alyssa, la práctica y razonable Alyssa, era la peor.

—Vaya, vaya, pero si es Dirk Mason —dijo su padre como si el actor se hubiera pasado a saludarlos el domingo por la tarde.

«Madre mía», pensó Mark mientras todos los demás se peleaban por saludar a Dirk, que, obviamente acostumbrado, tenía palabras y gestos amables cada uno de ellos.

—Cómo me alegro de tenerlo en casa —dijo su madre dándole un abrazo de oso.

Su cuñada Cecelia llegó con la recién

nacida, que también iba vestida para impresionar a Dirk.

—Pasen, pasen —dijo Missy—. ¿Tienen hambre?

—No mucha —contestó Guy.

«Pobres», pensó Mark sabiendo que a su madre le daba igual que la gente tuviera o no hambre. Se comía y punto.

Cuando se disponían a entrar en la casa, Queenie hizo su aparición. No sabía lo que pasaba, pero ella también quería participar.

—¿Qué es eso? —gritó Guy corriendo hacia el coche como si se tratara de Cujo.

Para colmo, Queenie decidió correr tras él. Gracias a que estaba muy gorda, Guy consiguió llegar al coche antes que ella y encerrarse antes de que la perra pusiera las patas en la ventana y comenzara a lamerla.

Los Cook se quedaron mudos.

—Guy tiene muchas alergias —les explicó Dirk.

—Llámenla, que se vaya —gritó Guy desde el interior del vehículo.

A Mark le dio pena el ayudante alérgico vestido de safari, así que llamó a Queenie y se la llevó a los establos.

—Ahora mismo vuelvo —dijo Dirk—. Tengo que hablar con Guy.

—¿Está bien? —preguntó Mac mirándolo como si fuera el doble de John Wayne.

Dirk y los demás miraron hacia el coche, en cuyo interior estaba Guy con la frente apoyada en el cristal y el inhalador en la boca.

—Supongo que sí —contestó—. Algo avergonzado, quizá.

—Los dejaremos solos —apuntó Missy haciendo una seña a la familia.

Dirk esperó con una gran sonrisa a que todos se hubieran metido en la casa para correr hacia el coche.

—Pobre —murmuró abriendo la puerta—. ¿Estás bien?

—Esto será una broma, ¿no? —contestó Guy.

—Te recuerdo que fue idea tuya. Yo quería contratar a dos extras y fuera.

—¿Cómo iba a saber que serían tan…?

—¿Perfectos? —dijo Dirk enarcando una ceja—. Guy, son los extras perfectos para una *Bonanza* moderna. No podría ser mejor.

—No podría haber más polvo —apuntó Guy arrugando la nariz disgustado.

—Si no lo hubiera, no sería auténtico, ¿no? —dijo Dirk ayudándolo a salir del coche.

—No, supongo que no —contestó Guy.

Dirk sonrió. Aunque Guy era un tipo algo fastidioso, tenía un cerebro privilegiado.

27

Meses atrás le había propuesto buscar un rancho en el que aprenderlo todo sobre un vaquero y a Dirk le había parecido un horror. Sin embargo, al ver aquel lugar, se dijo que aquello podía ser la diferencia entre que lo nominaron a los Oscar y ganar.

—No me tendré que comer la comida de esa gente, ¿verdad? —preguntó Guy horrorizado—. Como haya guiso de verduras con cebolla por encima, me voy.

—Venga, Guy, seguro que no —contestó Dirk.

Cuando Mark volvió de los establos, se encontró a toda la familia dentro de casa con el café preparado y una comida que no había vuelto a ver desde la boda de Ethan y Cecelia.

Incluso había guiso de verduras con cebolla por encima, el plato preferido de su padre.

Guy estaba respirando con el inhalador y su madre le estaba dando unos pañuelos de papel. Alyssa farfulló algo y corrió a su habitación.

Mark se sirvió una taza de café y agarró un sándwich de pavo antes de que su madre comenzara a dar de comer a Dirk por la fuerza. Se percató de que el actor se servía solo lo que no tenía mahonesa ni mantequilla, dos trozos de pavo y unas cuantas zanahorias. Guy, que estaba hecho un asco, tomó un vaso de agua y un trozo de manzana.

—¿Quieren salsa barbacoa? —preguntó su madre, que era adicta a ella.

—No, gracias —contestó Dirk educadamente.

—¿Guy?

—Dios mío, no —contestó—. Me da alergia —añadió cuando Dirk tosió y le dio un codazo.

—Así que quiere usted convertirse en un vaquero —dijo Mac mirándolo desde su silla.

—Sí, señor —contestó Dirk aceptando una taza de café—. Dentro de unos meses, voy a hacer un western y he pensado que más me valía tener un poco de experiencia.

—Entonces, estás en el lugar correcto —rio Mac.

Billy miró a Mark y Mark se encogió de hombros. Cuando su padre se ponía así, no se podía hacer nada. Excepto rezar para que no sacara el tema de la sangre nativa.

—Mi familia lleva cien años en este rancho —continuó—. La familia de Missy lleva aquí desde que llegaron del Ártico —añadió—. Tiene sangre nativa, ¿sabe?

Todos los presentes gimieron excepto Dirk, que la miró con curiosidad.

—¿Pastel de limón? —le ofreció Missy.

Dirk asintió, pero Guy lo reprendió.

—Las cosas pegajosas amarillas y la mantequilla no forman parte de tu dieta —le recordó.

Dirk pasó la bandeja a los demás mirándola con deseo.

—Sigue, Mac —dijo—. Me estabas hablando de la sangre nativa.

—Por eso, nuestros hijos son como son.

Dirk miró a los aludidos. Billy hizo como que tiraba una flecha y Mark y Ethan se limitaron a sacudir la cabeza. Missy le puso la mano a su marido en el hombro y se lo apretó.

—No creo que al señor Mason le interese, cariño —rio.

—¡Claro que sí! —exclamó Dirk.

—¿Ves, cariño? —dijo Mac encantado—. Ethan es el mejor ganadero del estado, a Mark le traen caballos de todas partes para que los dome y Billy...

—Papá, no, por favor.

—Billy ha ganado cinco años seguidos el Gran Rodeo.

Billy dejó caer la frente sobre las palmas de las manos en señal de derrota.

—¿Quiere ver las hebillas?

—¡No, no quiere! —contestó Billy.

Dirk iba a decir que sí, pero al ver la mirada de Billy se retractó.

—No, gracias.

—¿Cómo se titula la película que va a hacer? —preguntó Cecelia consiguiendo así cambiar de tema.

—*Espuelas* —contestó Dirk dejándolos con la boca abierta.

—La verdad es que es un placer tener a alguien famoso en casa —apuntó Missy.

—Sí, aquí la única persona famosa que hay es Miss Montana 1972, que se pasea de vez en cuando a caballo con la corona y todo —rio Billy.

—A ver si me he enterado —dijo Dirk—. El mayor es Ethan, casado con Cecelia, y padre de este precioso bebé. Luego, va Mark, el domador de caballos y colgador oficial de letreros —añadió sonriendo al aludido—. Samantha es la única chica y, para terminar, Billy.

Todos asintieron.

—Entonces, ¿quién es esa chica tan guapa de preciosos ojos verdes que me ha dado la bienvenida?

Nadie pudo contestar. Se limitaron a mirarlo anonadados. Mark sintió que le hervía la sangre. ¿Dirk Mason, el mismo que salía con Sharon Stone, acababa de decir que Alyssa, su Alyssa, era guapa y tenía unos preciosos ojos verdes?

—¿Alyssa? —preguntó para estar seguro.

Era imposible que Dirk Mason se fijara en ella. Era cierto que Alyssa era guapa, pero era... bueno, eso, Alyssa.

—¿Quién es? —preguntó el actor.

—Lis lleva seis veranos trabajando aquí de cocinera —contestó Missy—. Es casi tan hija mía como los demás.

Dirk miró a Mark.

—Entonces, ¿vosotros dos no sois...?

—¿No somos qué? —dijo Mark sonrojándose.

«Dios mío, me estoy poniendo rojo», se reprochó abrumado.

—Pareja —dijo Dirk.

—¿Pareja? —repitió Mark a punto de reírse.

Justo en ese momento, entró la aludida vestida con una falda. Mark no la veía así desde la fiesta de graduación, a la que habían ido juntos. No era una falda cualquiera, sino una minifalda. ¡Se le veían las rodillas! Sintió como si le hubieran dado un puñetazo en el pecho.

Alyssa tenía unas piernas preciosas.

Alyssa entró en la cocina intentando no llamar la atención, se colocó junto a Mark en la encimera y se sirvió una taza de café.

—¿De qué conoce a Samantha? —preguntó Missy intentando que todos dejaran de mirar a Alyssa.

Mark se acercó a ella y se puso de espaldas a los demás para servirse un vaso de agua en el fregadero.

—¿Qué te has puesto? —le preguntó en voz baja sin poder dejar de admirar sus larguísimas piernas.

—Una falda, Mark —contestó ella—. ¡Deja de mirarme! Me estás poniendo nerviosa.

—En realidad no nos conocemos —contestó Dirk—. A la que conozco es a una amiga suya de la universidad, que es la guionista de la película. Creo que la conocen. Se llama Kate Jenkins.

—¿Kate Jenkins? —dijo Billy dando un respingo—. ¿Ha escrito un guión?

—¡Deberías ir a cambiarte! —le aconsejó Mark en tono absurdamente machista.

Alyssa no se molestó ni en mirarlo.

—Sí, y muy bueno —contestó Dirk.

—¿Kate Jenkins? —insistió Billy—. Estuvo aquí hace un verano entero hace un par de años. Estaba tan loca que no sé cómo ha podido llegar a Los Ángeles.

—Venga, Billy —dijo Ethan—. Todos sabemos que estabas enamorado de ella.

—Déjame en paz, Ethan —contestó Billy sonrojándose.

—Ethan, deja a tu hermano en paz —intervino Missy.

Mark consiguió dejar de mirar las piernas

de Alyssa y volver la vista hacia la mesa para descubrir que Dirk también la estaba mirando.

Mark apretó los puños y, no pudiendo hacer otra cosa, agarró un trapo de cocina y se lo puso en la mano más cercana a sus piernas para tapárselas.

«¡Ja, a ver qué ves ahora!», pensó triunfante. Alyssa se dio cuenta y le arrebató el trapo.

—Kate llegó a Hollywood y está arrasando —continuó Dirk—. En la película actuarán también Clint Eastwood y Julia Roberts, que va a ser mi novia.

—Qué suerte —comentó Billy.

—La verdad es que sí —sonrió Dirk.

—Siempre me cayó bien Kate Jenkins —apuntó Alyssa—. Era una... temeraria.

Todos miraron a Billy, que se puso rojo.

—¿Soy el único que tiene una ex novia o qué? —exclamó.

—No, pero sí el único que tiene una ex novia que se paseo por Main Street desnuda —le recordó Ethan.

—Iba en ropa interior y fue una apuesta —dijo Billy.

—Contaba buenas historias cuando nos íbamos de acampada —intervino Mark intentando recuperar el trapo, pero Alyssa lo tiró al fregadero con el codo.

—Sí, las mejores eran las de miedo. Billy

dormía con el cuchillo debajo de la almohada —rio Alyssa.

Billy la miró y, al ver que iba en minifalda, no pudo evitar silbar impresionado.

—¿Esas piernas son tuyas?

«Hasta mi propio hermano», pensó Mark. Sin pensarlo, agarró una hoja de lechuga con mahonesa que tenía en el plato y se la tiró a la falda.

—¿Se puede saber exactamente qué haces? —dijo Alyssa enfadada.

—Deberías cambiarte —contestó Mark en voz baja.

—Y tú deberías meterte en tus asuntos —protestó ella furiosa limpiándose.

—¿Qué te has puesto en la cara? ¡Llevas maquillaje! —exclamó mirándola de frente.

—Muy observador, Mark —le espetó Alyssa elevando la voz.

—¡Qué porquería! Estás...

—Preciosa —intervino Dirk.

Mark lo miró atónito.

«Le gusta Alyssa», pensó abatido.

—Tengo que pasar al baño —comentó Dirk.

—Acompañadlo al retrete de fuera —dijo Mac.

Dirk emitió un ruido de terror y Guy puso cara de asco. Missy reprendió a su marido.

—Se cree muy gracioso, pero es una broma

—los tranquilizó.

Missy y Dirk abandonaron la estancia y todos se giraron hacia Alyssa.

—Si Dirk Mason me dice a mí que estoy preciosa me muero —dijo Cecelia—. Y cómo te mira...

—Si te mirara a ti así, lo habría matado —apuntó Ethan.

De repente, se acordaron de la presencia de Guy, que se limitó a encogerse de hombros y a sonreír.

—Mira a todas las mujeres así.

—Pues parece que algo le ha gustado de verdad —comentó Mac—. Ya va siendo hora de que te escondas, Alyssa Halloway. Eres una mujer muy guapa.

—¡Menos mal que a alguien se lo parezco! —exclamó ella mirando a Mark enfadada.

—¿Cómo? —exclamó él sin poderse creer que, encima de que quería protegerla de un tipejo, se enfadara con él.

—La has hecho buena, Mark —dijo Ethan.

Ante aquel comentario y viendo que su presencia no era requerida, Mark abandonó la cocina.

«Tengo cosas mucho más importantes que hacer que oír a un idiota diciendo lo guapa que es Alyssa», pensó mientras iba hacia los establos.

«Soy un cretino», pensó al llegar.

Lo único que había conseguido había sido avergonzar a Alyssa. Normalmente, solía ser una persona cabal, pero, últimamente, todo lo que tenía que ver con ella le sobrepasaba.

La verdad era que estaba guapísima y tenía un cuerpo precioso.

¿Cuándo se había convertido el patito feo lleno de moratones en aquel cisne?

¿Cómo no se había dado cuenta?

Miró hacia la casa y vio que todos estaban saliendo al porche. Él se acercó a su caballo, Bojangles, que estaba comiendo. Se dio un golpe en el pecho y silbó y el animal fue hacia él. Lo montó hábilmente, le dijo algo al oído y salieron a galopar.

«El Oscar ya es mío», pensó Dick viendo cómo montaba Mark. Guy, a su lado, había emitido un grito ahogado de sorpresa que debía de querer decir que estaba pensando lo mismo que él.

—Mark me va a enseñar a ser un vaquero —anunció a los demás.

—Creo que deberíamos hablar —dijo Billy—. Mark no...

—¿Guy? —lo interrumpió el actor.

—Dirk y yo hemos tenido que aprender ciertas cosas por las malas —dijo sacándose unos papeles de uno de sus innumerables bolsillos.

Dirk dio un paso atrás y dejó hacer a su ayudante, que era un mago en ganarse a la gente.

Venían de Hollywood, donde todo se hacía con contratos por delante y no estaban dispuestos a hacerlo de otra manera. Era la única forma de cubrirse las espaldas.

—Hemos traído un contrato al que nos gustaría que le echaran un vistazo —añadió Guy—. No es nada... serio, pero queremos que quede claro que Dirk ha venido a aprender y a trabajar. Dirk se toma muy en serio el trabajo. No se va a conformar con apoyarse en la barandilla del porche con el sombrero y aprendiendo a escupir.

Los Cook miraron al unísono a Dirk, que negó con la cabeza.

—Maldición —murmuró Billy.

—Dirk ha venido para aprender en unas semanas lo que a su familia le ha costado generaciones aprender, así que va a necesitar mucha ayuda, sobre todo de Mark.

Los Cook se miraron y Dirk supo, antes de que Mac asintiera y Missy sonriera, que Mark Cook le iba a enseñar a ser un vaquero.

Capítulo Tres

MARK no levantó la vista cuando se abrió la puerta de los establos a pesar de que había un actor famoso y su asmático ayudante por los alrededores.

Solo tenía ojos para la perra.

Además, no le hacía falta. Sabía perfectamente quién iba todas las mañanas a verlo antes del desayuno.

Alyssa se había acostumbrado a pasarse por allí para echar una mano con los animales. Así, había asistido a partos y a muertes. Buena práctica para su licenciatura en Veterinaria.

Era una buena veterinaria y, sobre todo, era buena compañía a aquellas horas del alba.

—¿Qué tal va? —le preguntó al llegar junto a él.

Queenie estaba tumbada de lado y respiraba con dificultad. Al oler a Alyssa intentó levantarse para saludar, pero estaba débil, así que Alyssa se sentó junto a ella y le puso la cabeza en su regazo. Sabía lo que buscaba. Compañía femenina.

—Va bien —contestó Mark—. Es su primera camada y está un poco nerviosa, pero va bien.

Alyssa alargó la mano y Mark se metió la mano en el bolsillo y le dio un caramelo.

De limón.

Sus preferidos.

Todas las mañanas, antes de salir de casa, Mark se metía en el bolsillo derecho del pantalón un buen puñado de caramelos y en el izquierdo solo uno.

El de limón.

Para ella.

Todas las mañanas era el mismo ritual. Alyssa alargaba la mano y él le daba su caramelo.

Tras muchos años haciéndolo, aquel día se le antojó, sin embargo, diferente. Más íntimo.

—Ya me quedo yo con ella —dijo Alyssa comiéndose el caramelo—. Tú vete a ver a los caballos, si quieres.

Mark se levantó y miró a su mejor amiga y a su perra.

Al ver que no se movía, Alyssa lo miró con el ceño fruncido.

Estaba enfadada con él. Maldición.

«Relájate», se dijo.

Aquello de haberla visto en minifalda lo había alterado por completo, pero aquella seguía siendo la Alyssa de siempre, su amiga de la niñez a la que conocía como a sí mismo.

—Perdona —le dijo sinceramente—. Ayer me porté mal contigo. Te traté como si fueras mi hermana pequeña y te tuviera que proteger de algún ligón.

—Ya lo hacías en el colegio —se quejó Alyssa.

—Ya lo sé. Lo de ayer debió de ser como un flashback.

—No necesito a nadie que me proteja, Mark —dijo ella con frialdad.

—Tienes razón —contestó él—. Lo siento.

Alyssa asintió y él se alejó.

—Estabas guapa —dijo desde lejos—. Y es cierto que tienes unos ojos muy bonitos.

Un rato después, Mark se reunió con la familia para desayunar y contarles que Queenie había tenido a sus cachorros.

—Más Queenies en la familia —comentó Ethan.

—A Sarah le vendría bien un perrito —contestó su mujer.

—Buena idea. Lo llamaremos King —dijo Ethan inclinándose y besando a su mujer.

Mark sintió una punzada en su interior. Normalmente, no solía pensar en el matrimonio ni en los hijos, solo en los caballos y en el rancho, pero la hija de su hermano lo tenía loco.

—¿Estás bien, Mark? —le preguntó Ethan sacándolo de sus pensamientos.

—Sí, sí —contestó yendo hacia la cafetera.

«Solo un poco cansado», se dijo. Sí, era eso. Hacer el trabajo de los todos mientras ellos se dedicaban a tenerlo todo listo para Dirk Mason había sido agotador. Por eso estaba pensando en hijos, familia, caramelos y las piernas de su mejor amiga.

«Estoy cansado», se repitió.

—¿Dónde están nuestros huéspedes? —preguntó Cecelia.

—Guy tiene un ataque de alergia que no se tiene y está en la cama —contestó Missy.

—¿Y Dirk?

—Supongo que durmiendo —contestó Mark.

—Está en el redil —dijo Alyssa.

Todos los ojos se volvieron hacia ella como si acabara de decir: «Lo he dejado en mi cama retozando».

—Lo he visto al venir para aquí —les aclaró.

—¿No estará con los caballos? —preguntó Mark nervioso.

—No, está haciendo estiramientos o algo parecido.

—¿En el redil?

—Sí, «por las vistas» me ha dicho —contestó Alyssa encogiéndose de hombros.

Mark se puso en pie convencido de que aquello no podía ser bueno y todos los demás, llevados por la curiosidad, lo siguieron.

Acababa de amanecer y el actor estaba en una postura muy rara que amenazaba con partirle las piernas por la mitad.

Subió una pierna en equilibrio y se la colocó, completamente recta, junto a la cabeza.

—¿Qué hace? —preguntó Billy anonadado.

Dirk bajó la pierna con cuidado y la colocó, doblada, en la ingle contraria. Sin perder el equilibrio, juntó las manos como si estuviera rezando.

—¿Será algo religioso? —preguntó Missy.

—No quiero gente rara de alguna secta en mi casa —sentenció Mac.

Dirk dejó caer los brazos y en un movimiento rápido y seguro echó la cabeza hacia atrás e hizo el pinopuente.

—¿Tú puedes hacer eso? —le preguntó Billy a Mark.

—¿El qué? ¿El tonto encima de estiércol de caballo?

—No deberíamos estar aquí mirando —dijo Cecelia volviendo a la cocina.

Todos la siguieron menos Mark y Alyssa, que estaba atontada mirando a Dirk haciendo el bobo.

De repente, Mark comenzó a sentir unos celos irracionales, pero recordó dónde lo habían llevado aquellos celos la noche anterior, así que intentó ver al actor con los mismos ojos que su amiga.

Por mucho que lo intentó, lo único que veía era a un actor famoso, muy flexible eso sí, contorneándose sobre estiércol de caballo.

Si hubiera sido él, Alyssa se estaría riendo de lo lindo.

«¿Y qué?», pensó. «Solo somos amigos. Se puede reír todo lo que quiera de mí».

—¿Qué haces? —le preguntó acercándose al redil.

Al verlo, Dirk giró la cabeza y se puso en pie.

—Hola, Mark —lo saludó sonriente—. Qué bonito amanecer. Tenéis unas montañas increíbles.

—¿Es esa la razón por la que estás intentando partirte la crisma en mi redil?

Dirk se rio a gusto.

—Es yoga —contestó—. Así, me mantengo fuerte.

Mark no entendió muy bien a qué se refería, pero asintió y volvió hacia la casa.

—Mark, ¿cómo empezáis el día por aquí? —le preguntó Dirk.

—Desde luego, no patas arriba —contestó Mark.

—¿Cómo entonces?

Mark aceleró el paso para ver si lo dejaba en paz.

—¿Corriendo? —insistió Dirk siguiéndolo hasta los establos.

Mark no contestó. Se limitó a abrir las puertas y a cruzar los dedos para que aquel tipo se fuera, pero no hubo suerte.

—Me levanto muy pronto —dijo por fin.

—¿Y qué haces?

—Venir a ver a los animales —contestó Mark agarrando su silla de montar.

—¿Qué haces?

—Voy a salir a montar.

—¿Dónde?

Mark se paró en seco y miró a Dirk, que lo miraba con los ojos brillantes de curiosidad y emoción.

—No pienso enseñarte —dijo Mark—. Ve a fastidiar a otro.

El actor no se movió.

—Dirk, hay diez personas más en este rancho y todas están emocionadas con tu presencia. Estarán encantados de enseñarte a ser un buen vaquero. Yo, no.

Dirk siguió sin moverse y Mark comenzó a ponerse algo nervioso.

—Mark, sabes lo del contrato, ¿no?

—¿Qué contrato?

—El que tu familia firmó anoche.

Mark se sintió de repente en arenas movedizas.

—¿Qué ponía?

—Que tu familia y tú me vais a enseñar por niveles todo lo que sabéis.

—¿Por niveles?

—Billy me va a enseñar lo básico y, cuando lo haya aprendido, te tocará a ti —contestó Dirk muy satisfecho de sí mismo.

—Entonces, vete a molestar a mi hermano —le espetó Mark.

—Pero...

—Pero nada —lo interrumpió—. Lo que voy a hacer es de nivel intermedio—alto y no es lo que pone en el contrato.

—Muy bien, tienes razón —contestó Dirk sonriente—. Voy a desayunar y a hablar con Billy. Nos veremos cuando me defienda con lo básico —añadió marchándose y dejando a Mark con la sensación de que lo peor estaba por llegar.

En la cocina, Dirk se encontró mucho más a gusto. Estaba incluso Guy.

—Estás fatal —dijo mirando a su ayudante, que había bajado a desayunar en pijama y con los ojos y la nariz rojos como tomates—. Vuélvete a la cama —añadió apiadándose de él.

Guy siguió el consejo de su jefe y se volvió a su habitación.

En cuanto se hubo ido, Dirk se volvió hacia la mesa dispuesto a disfrutar de un desayuno en condiciones.

—¿A qué le tiene alergia?

—Al pelo de animal y al polvo —contestó Dirk relamiéndose ante una tostada con mantequilla.

—¡Pues ha ido a venir al lugar perfecto! —rio Billy.

En ese momento, Alyssa dejó en la mesa una fuente llena de beicon.

Dirk no daba crédito. Hacía años que no se lo dejaban comer.

«Si me lavo bien los dientes, Guy no se dará ni cuenta», se dijo metiéndose el primer trozo en la boca y suspirando de placer.

—Me encanta el beicon —dijo al encontrarse a todos mirándolo.

Se tomó varios cafés, mientras hablaba con la familia, acompañados por bizcochos de mantequilla.

Había que aprovechar que Guy no lo veía.

Al cabo de un rato, Billy el Niño anunció que iban a salir a montar.

«Por fin, un poco de acción», pensó Dirk.

Horas después, cuando Mark volvió al establo se encontró con una situación que no se podía imaginar.

Dirk y Billy se estaban pegando una paliza terrible. Sin pensarlo dos veces, corrió hacia ellos y, por supuesto, agarró a Dirk del cuello.

—¡No es lo que parece! —exclamó Billy intentando que su hermano soltara a Dirk.

Mark lo apartó de un empujón y siguió apretándole el cuello al actor.

—A mí me parece que está bastante claro —contestó—. Os estabais peleando.

Dirk balbució algo y Mark apretó un poco más.

—Me estaba enseñando a pegar de mentira —dijo Billy sin poder evitar reírse—, pero tú lo estás estrangulando de verdad.

Mark soltó inmediatamente a Dirk, que cayó de rodillas al suelo tomando grandes bocanadas de aire.

—¿Y qué hacíais pegándoos de mentira? —preguntó Mark confundido.

—Dirk ha querido enseñarme a cambio por haberle enseñado a montar a caballo. Es divertido. Deberías probar.

Mark miró a su hermano y se fue a por su silla, que había tirado al suelo al ver la pelea.

—¿Vienes al corral, Mark? —dijo Dirk sin rencor—. Les voy a enseñar a todos lo que he aprendido hoy.

Aquel hombre era tan amable que Mark sintió deseos de vomitar.

—¿Has aprendido a montar a caballo de mentira? —murmuró.

—Venga, que ya están todos —dijo Billy—. Ahora vamos nosotros.

Mark obedeció y se reunió con Alyssa y los demás fuera.

Guy también estaba allí. Aunque ya no iba vestido de safari, seguía estando completamente fuera de lugar con su corte de pelo de cien dólares y sus vaqueros nuevos y ajustados.

La mascarilla quirúrgica que llevaba puesta no ayudaba, claro. Ni los dos inhaladores, tampoco.

—Hola, Guy —sonrió Alyssa.

—¿Listo para el gran espectáculo? —le preguntó Mac dándole una palmada en la espalda que lo mandó contra la valla.

—Sí —contestó en un hilo de voz.

—¿Qué habrá aprendido en solo un día? —preguntó Mark.

—Te vas a sorprender porque se le da muy bien —contestó su padre.

—Es un hombre con mucha determinación —apuntó Guy.

—Yo lo he estado mirando un rato —intervino Alyssa— y se le da de maravilla.

«¿Qué ibas a decir tú», pensó Mark.

En ese momento, Billy y Dirk salieron del establo. Para sorpresa de Mark, el actor iba perfectamente sentado y llevando el paso con naturalidad.

Ante la polvareda, Guy se puso a estornudar y a toser.

—¿Estás seguro de que no prefieres volver a la casa, Guy? —dijo Dirk preocupado tras dar un par de vueltas.

—No me lo perdería por nada del mundo —contestó Guy sonriendo bajo la mascarilla—. Venga, que empiece el espectáculo.

Dicho y hecho.

Dirk agarró las riendas con una mano y con la otra saludó con el sombrero. Mark no sabía qué había pasado, pero incluso le había cambiado la cara. Sonrió y se dirigió a las mujeres.

—Hola, señoritas —dijo con marcado acento sureño—, ¿me podrían regalar un beso para tener un buen día?

Mark miró a su madre y a Alyssa, que estaban derretidas. Alyssa sonreía como una boba y lo miraba nerviosa.

Su madre, mucho más decidida, lo agarró de la pechera de la camisa y le plantó un beso en los labios.

—¡Eso sí que es tener un buen día! —exclamó Mac riendo.

—¿Y usted? —dijo Dirk acercándose a

Alyssa, que no tuvo más remedio que mirarlo a los ojos.

«Ella no te va a besar ni por asomo», pensó Mark.

Alyssa era una mujer práctica y, como mucho, le estrecharía la mano. Para su sorpresa, Alyssa cerró los ojos, agarró la cara de Dirk y le plantó un beso que fue a parar al lateral de su nariz.

Menos mal.

—Con su permiso... —dijo Dirk alargando la mano y deshaciéndole el lazo verde de la coleta.

Mark se quedó mirándolo con la boca abierta mientras Alyssa sonreía tímidamente con el cabello cayéndolo sobre los hombros.

—Para ti, Dirk —dijo ella nerviosa—. Para que te dé suerte.

Mark sintió deseos de pegar a alguien.

Dirk asintió y volvió al centro del redil, donde acabó galopando, tras demostrarles que sabía ir al trote y a medio galope. También había aprendido a lanzar el lazo. Cuando se lo demostró lanzándolo sobre Missy, que se había ofrecido voluntaria, todos rieron y palmotearon como si nunca hubieran visto nada parecido.

Mark se sentía cada vez más irritado.

—Pero, mamá, si lo has visto mil veces —le dijo.

Su madre no le hizo ni caso, claro.

Dirk terminó su actuación desmontando como si llevara toda la vida haciéndolo.

—Hacía mucho que no veía nada igual —rio Mac.

—El Gran Rodeo es dentro de dos semanas —apuntó Billy—. ¿Por qué no te apuntas?

—No sé, no soy un vaquero de verdad... —contestó Dirk con un brillo de orgullo en los ojos.

—Los demás, tampoco —dijo Billy—. Por eso gano yo siempre. Soy el único menor de cuarenta y cinco años y sobrio.

—Me lo pensaré —dijo Dirk.

Mark se dio cuenta de que, sin embargo, ya había tomado una decisión. Lo iba a hacer porque se sentía como un vaquero de verdad.

—Bueno, Mark, ¿qué te parece? —dijo girándose hacia él—. ¿Estoy preparado para el nivel intermedio?

—Claro que sí —contestó Alyssa mirándolo anonadada.

De repente, Mark lo vio claro.

La única manera de parar aquella «Dirk Masonmanía» era tenerlo todo el día ocupado y agotado. Así, no podría acercarse a Alyssa. Sí, así lo tendría bien vigilado.

«Perfecto», pensó Mark.

—Encantado de enseñarte unas cuantas

cosas —contestó.

La familia entera suspiró aliviada.

—¿Y ahora qué se hace? —preguntó Dirk.

Todos se miraron confusos.

—Eh, cenamos dentro de media hora... —contestó Alyssa.

—Muy bien, ¿y luego?

Todos se volvieron a mirar confusos.

—Yo suelo leer la prensa y ver la tele —dijo Mac.

—No, gracias —se apresuró a contestar Dirk.

—Yo suelo repasar la contabilidad del rancho —dijo Billy.

—No, gracias —repitió Dirk—. ¿Y tú, Lis?

«¡Perro!», pensó Mark.

—Yo friego los platos.

—¿Y luego?

—Suelo dar un paseo.

—Muy bien, te acompañaré entonces —dijo Dirk con total naturalidad—. Billy, ¿qué hago con el caballo? —añadió alejándose.

Y así fue como Alyssa se encontró teniendo una cita con Dirk Mason.

Capítulo Cuatro

SIN saber muy bien cómo, los que fregaron los platos aquella noche fueron Mark y Ethan.

Alyssa le había dado el trapo a Mark y había corrido a su habitación.

«A ponerse otra minifalda», sospecho él.

—Mark, me parece que ese plato ya está más que seco —le dijo su hermano refiriéndose al plato que llevaba más de un minuto secando.

Mark sonrió incómodo y lo dejó en el armario. Lo último que le hacía falta era que su hermano se creyera que estaba enfadado porque Alyssa se fuera a dar un paseo con Dirk, ya que no era cierto.

«No, no estoy enfadado», se dijo.

—A Dirk se le ha dado bien lo de montar, ¿eh? —dijo Ethan.

—Sí —contestó Mark molesto.

¿Es que en aquella no se podía hablar de otra cosa que no fuera Dirk?

«¿Por ejemplo de por qué Alyssa se va a ir de paseo con él?».

—Aprende muy rápido —comentó Ethan pasándole una sartén.

—Sí —contestó Mark bruscamente.

«¿Soy yo el único al que le parece mal que se vaya de paseo con él?».

—Y se mueve rápido también —añadió Ethan riendo.

Obviamente, se refería a Alyssa.

Dejó dos tazas con demasiado fuerza y una de ellas se rompió.

—¿Estás enfadado, Mark?

—No —contestó poniendo los cubiertos en su sitio con furia.

—Pues lo pareces.

—Pues no lo estoy.

—Muy bien —dijo Ethan.

Durante un rato, se hizo el silencio entre ellos.

—¿De verdad que no estás enfadado? —insistió Ethan.

Mark se giró dispuesto a tirarle a su hermano a la cara la cuchara de madera que estaba secando, pero no lo hizo porque sabía que no lo tranquilizaría.

Lo único que lo ayudaría en aquellos momentos sería ver bajar a Alyssa con un mono de esquí.

—Estoy preocupado —admitió por fin—. Por Alyssa.

—¿Por qué?

—Porque Dirk el rápido va a intentar algo seguro durante el paseo.

—No es ninguna niña —contestó Ethan—. Sabe defenderse. ¿No te acuerdas del puñetazo que le arreó al chico aquel en la fiesta de graduación por tocarle el trasero?

—Pero esto es diferente.

—¿Por qué?

—¡Porque no creo que le pegara un puñetazo a Dirk Mason!

—¿Y?

Mark se quedó callado unos segundos buscando la respuesta.

—Se va a aprovechar de ella porque está anonadada ante él, que es toda una estrella del celuloide.

—Alyssa sigue siendo la misma de siempre —dijo Ethan.

—¡No, de eso nada! —exclamó Mark—. Se pone minifaldas, se maquilla y besa a desconocidos. Esa no es la Alyssa que yo conozco.

—Hmm —dijo Ethan.

—¡Si tienes algo que decir, dilo!

—Lo único que tengo que decirte es que Alyssa lleva años siguiéndote y que me parece que te has olvidado de que la Alyssa que tú conoces no es la única Alyssa que existe.

—¡Nadie la conoce tan bien como yo! —protestó Mark.

—Puede que eso ya no sea suficiente para ella, Mark.

—¿De qué demonios hablas, Ethan? ¿Cómo que ya no es suficiente?

—Olvídalo, Mark —contestó Ethan mirándolo exasperado—. ¿Me vas a ayudar con los platos o qué?

Mark no contestó.

¿Qué había querido decir Ethan con eso de que ya no era suficiente para ella?

Alyssa se miró al espejo de su habitación y metió la tripa. Se puso de lado y se dijo que tenía que dejar de comer tanto dulce.

Suspiró, se quitó la camisa y la tiró sobre la cama, con el resto de las prendas que había desechado.

¿Para qué quería tantas camisas vaqueras? No tenía nada decente que ponerse. Se volvió a probar su jersey de cuello vuelto preferido con la esperanza de que hubiera cambiado por arte de magia en los últimos veinte minutos.

En ese momento, llamaron a la puerta.

—¿Necesitas algo? —preguntó Cecelia con unas cuantas prendas en el brazo.

—¡Cuánto te quiero! —exclamó Alyssa haciéndola pasar y cerrando la puerta a toda prisa.

Sin perder tiempo, se probó una camisa de pico verde.

—No sé si me voy a atrever…

—¿Por qué?

—Porque el pico llega hasta muy abajo, ¿no?

—Lis, solo se te ve el escote. Lúcelo. Tienes un escote precioso. El color te va perfecto con los ojos. Además, te hace una forma de pecho muy bonita.

—¿Ah, sí?

—Sí.

Alyssa se miró al espejo de nuevo. Sí, era cierto. Aquella camisa realzaba aquella parte de su cuerpo que durante tanto tiempo se había esforzado en ocultar.

—No parezco yo.

—¡Por eso precisamente debes ponértela!

Alyssa pensó en ello. Sí, parecía el tipo de prenda que se ponían las mujeres que salían con actores.

¿Y qué tal un poco de pintalabios?

Mark estaba sentado en el porche disfrutando de la noche y de un par de cervezas. No estaba espiando a nadie, claro que no.

Había decidido no moverse de allí hasta que volviera Alyssa. Así de sencillo. Eso no era espiar, solo esperar.

Al cabo de un buen rato esperando, ya se había tomado unas cuantas cervezas de más.

En la hora que llevaba allí sentado, desde que los había visto salir escondido detrás de un pino, había estado pensando que, tal vez, su amistad con Alyssa no era como él creía. Para él, Alyssa siempre había sido suya porque nadie la conocía como él.

Recordó todo lo que le había contado sobre su familia, especialmente sobre su padre, y se preguntó si le estaría contando lo mismo a Dirk Mason. Aquello lo entristeció y lo puso de mal humor.

Si le contara a él lo mismo que a su supuesto mejor amigo, se sentiría realmente traicionado.

¿Sería, tal vez, que no eran tan amigos como él creía?

Por fin, los vio salir del bosque y dirigirse al prado donde todos los Cook habían llevado alguna vez a una chica, porque se veía el cielo y la hierba estaba suave.

Mark apretó los dientes al pensar que Alyssa había llevado al actor allí con la misma intención que él había llevado a Jennifer Kaminski en el instituto. Se fijó y vio que iban caminando uno al lado del otro sin tocarse.

Estaban llegando ya a la casa, así que Mark se arrebujó en la mecedora al abrigo de la oscuridad y escuchó su conversación.

—Gracias, Alyssa —dijo Dirk agarrándola

del brazo—. Ha sido un paseo precioso.

—Sí, ha sido precioso. Gracias a ti, Dirk —contestó ella educadamente comenzando a subir los escalones.

Dirk la volvió a agarrar del brazo.

—¿No entras? —le preguntó Alyssa.

—No, voy a dormir en el barracón con los demás chicos —contestó Dirk.

—Ah, bueno... Pues que duermas bien —sonrió Alyssa girándose para entrar en la casa.

Mark sonrió encantado.

La buena de Alyssa iba a dejar al actor en el porche. Sin beso.

—Por lo menos un apretón de manos, ¿no? —dijo Dirk, sin embargo, girándola de nuevo hacia él.

—Claro —dijo Alyssa alargando la mano.

Dirk no solo la aceptó, sino que se la besó.

Mark sintió deseos de levantarse y poner final a aquella escenita, pero se imaginó el enfado de Alyssa y no lo hizo.

—Buenas noches, Alyssa —dijo Dirk alejándose hacia el barracón.

Alyssa se quedó mirándolo con esa mirada de boba que a Mark lo estaba empezando a poner enfermo.

Se levantó y, cuando Alyssa fue a entrar en casa, se lo encontró de bruces.

—¿Qué haces aquí?

—Nada —se apresuró a decir.

—¡Mark, nos estabas espiando!

—¡No!

—Claro que sí. Nos estabas espiando.

—¡No os estaba espiando!

—Entonces, ¿qué estabas haciendo? —dijo Alyssa poniéndose en jarras y mirándolo enfadada.

—Esperar —contestó como un corderito.

—Mark, creía que ya te había quedado claro que no necesito que nadie me proteja.

—Sí. Te aseguro que no estaba esperando para pegarle ni para insultarlo. Solo para hablar.

—Mark, ¿has bebido? —rio Alyssa oliéndolo.

—Tres cervezas —confesó.

—Muy bien, hablemos.

Mark sintió de repente que se quedaba sin aliento. Alyssa se había apoyado en la barandilla del porche y la luna se reflejaba en su pelo y...

«Demasiadas cervezas», se dijo.

—Quiero saber qué ha pasado durante el paseo.

—Qué pena, porque no pienso contártelo.

—¿Habéis ido al viejo molino?

—No voy a contestar a esa pregunta —dijo Alyssa—. Te habría estado bien empleado que nos hubiéramos dado el lote delante de ti.

—¿Te ha besado?

—Eres un cotilla —contestó Alyssa mirándose las uñas de los pies.

—¿Lo has besado tú?

Alyssa no contestó.

—Lis, por favor...

—No, Mark, por favor tú —le espetó Alyssa—. Por si no te has dado cuenta, tengo veintiséis años, he crecido y soy una adulta. Así que puedo besar a quien me dé la gana, puedo pasear con quien me dé la gana y no necesito ni tu permiso ni tu bendición. ¡Y, desde luego, no necesito que me vigiles!

—Ya lo sé, Lis —dijo Mark pasándose los dedos por el pelo.

Sentía que las cosas se le estaban escapando de las manos y tenía muchas preguntas sin respuesta.

«¿Qué ya no es suficiente para ti? ¿Qué te está pasando? ¿Qué nos está pasando? ¿Por qué nos estamos peleando?».

Pero no hizo ninguna de ellas porque Alyssa estaba verdaderamente enfadada y no le pareció el mejor momento.

—Solo quiero que tengas... cuidado —dijo aunque aquello era solo la punta del iceberg.

—Mark, no te metas —le advirtió.

—Muy bien, no me meteré —dijo él.

Alyssa sonrió, le dio una palmada en el hombro y se metió en casa.

«Cuando el infierno se hiele o ese actorcillo haya salido de aquí», se juró.

Capítulo Cinco

CUANDO Alyssa volvió a ver a Mark, al alba, se encontró con otra batería de preguntas sobre su paseo con Dirk.

No le contestó ni una y, cuando cansado de su silencio, explotó iracundo, se sintió de lo más satisfecha.

«Se lo tiene bien merecido», pensó.

Sin embargo, había algo que no le gustaba. Aunque se sentía halagada por que Mark se estuviera volviendo loco con el tema, no se lo había imaginado así.

A los dieciséis años, estaba tan enamorada de él que no podía dormir.

Noche tras noche, imaginaba hacerlo sufrir como él la hacía sufrir a ella. Entonces, se imaginaba besando a Chris Thompson en el porche y a Mark viéndolos y poniéndose furioso.

«Dirk Mason es mucho más guapo que Chris», se dijo con una gran sonrisa.

No pensaba contarle a Mark que la mayor parte del tiempo Dirk había estado hablando por el móvil o que se había puesto a gritar cuando habían oído a los coyotes a los lejos.

Por supuesto, a los dieciséis, su fantasía había terminado con Mark dándole un puñetazo a Chris y llevándosela en brazos a un lugar apartado donde confesarle su amor y, por supuesto, besarla.

Sí, la besaba como nunca antes nadie la había besado y eran felices y comían perdices.

—Qué estupidez —musitó.

Si Mark quería espiarla y vigilarla, tal vez, había llegado el momento de hacerlo sufrir.

«No sé si va a ser la mejor manera de olvidarme de él», dudó.

Sin embargo, apartó aquella duda de su cabeza, sonrió y comenzó a urdir su plan.

No sabía muy bien cómo ponerlo en práctica.

Una cosa era que un actor muy guapo quisiera acompañarla a dar un paseo y otra, pedirle salir delante de Mark y que dijera que sí.

«¿No será una idea estúpida?», se preguntó volviendo a la casa para preparar el desayuno.

Al entrar en la cocina, se encontró con Mark sirviéndose un café. Antes de que a ninguno de los dos les diera tiempo a decir nada, Dirk y Guy bajaron las escaleras con un buen montón de maletas.

—¿Qué ocurre? —preguntó Alyssa.

—Las alergias —contestó Dirk poniéndole una mano en el hombro.

Al ver la cara de Mark, Alyssa se sintió genial.

—No es el mejor lugar para una persona con alergia al pelo de los animales y al polvo —remarcó.

La verdad era que Guy tenía un aspecto que daba pena.

—Desde luego —contestó el aludido con voz nasal.

—Lo voy a llevar al aeropuerto —anunció Dirk sonriendo.

—Gracias —dijo Guy.

—Estaré de vuelta esta tarde, Mark —se despidió Dirk—. A tiempo para nuestra clase.

—Estupendo —contestó Mark.

«Demasiado amable», pensó Alyssa.

—¿Lis? —dijo Dirk desde la puerta.

—Dime —sonrió ella apartándose un rizo de la cara.

—No me apetece volver luego solo. ¿Te vienes?

«¡Qué suerte la mía!», pensó Alyssa.

Mark la miró y frunció el ceño.

—Claro que sí —contestó mirando a Mark.

«Un punto para mí», pensó al salir.

Un par de horas después, Ethan se encontró a Mark en el redil.

—¿Qué demonios haces? —le espetó—. Los establos están llenos de estiércol.

—Preparando la clase de Dirk —contestó Mark.

«No me apetece volver solo», recordó pensando en la cantidad de cosas que podían hacer dos adultos en un coche.

—¿Tirando estiércol por todo el rancho? —le reprochó Ethan.

—Así es.

—¿Le vas a decir que recoja el estiércol? —dijo Ethan enarcando una ceja.

—Sí.

—Mark...

—¿No quería aprender? Pues muy bien, le voy a enseñar tal y como papá nos enseñó a nosotros —lo interrumpió.

—Papá nunca llenó los establos con más estiércol del normal.

—¡Pues lo debería haber hecho!

—Mark, esto no tiene sentido y lo sabes.

—¡Claro que lo sé! —exclamó terminando de llenar la carretilla—. ¡Quita de en medio!

Ethan obedeció y Mark pasó con la carretilla bien llena en dirección a los establos.

«En lo que tarda Dirk en salir del coche, dar la vuelta al coche y abrirme la puerta, me daría a mí tiempo a entrar en casa, subir a mi habitación y dormirme», pensó Alyssa ocultando el enésimo bostezo.

Normalmente, se solía acostar a las diez y levantarse a las cinco. Eran las once y media y no sabía cómo, pero se les había pasado el día entero yendo al aeropuerto, comiendo y volviendo. Y Dirk, hablando por el móvil, claro.

Menos mal que ya estaban en casa.

«No sabe lo que es la tranquilidad», pensó.

Dirk le abrió la puerta y le ofreció la mano para bajar del deportivo.

—Hogar dulce hogar —dijo mientras cruzaban la pradera.

Estaba tan guapo a la luz de la luna que Alyssa olvidó lo cansada que estaba.

Al llegar al porche, Alyssa vio que Mark se apartaba de la ventana y se apresuraba a sentarse a la mesa y a fingir que estaba tomándose un té y leyendo un libro.

«¡Rata! Me está esperando como si fuera una niña pequeña», pensó Alyssa.

—Hola, Mark —saludó Dirk al entrar en la cocina.

—¿Qué haces aquí? —le preguntó ella.

—Tomar un té y leer —sonrió Mark—. ¿Y

vosotros dónde os habéis metido? Se suponía que ibais a volver por la tarde para la clase de Dirk.

—Perdona —se disculpó el aludido—. El avión de Guy salió con retraso y hemos comido en el aeropuerto.

—Sushi —dijo Alyssa para impresionar a Mark.

—Lis nunca había probado el sushi, así que buscamos el mejor restaurante japonés del aeropuerto.

—El mejor —repitió Alyssa mirándolo con adoración.

—Y Lis ha probado, por fin, el sushi.

—¿De qué me estáis hablando?

—De pescado crudo —contestó Alyssa con frialdad.

—¿Llegáis seis horas tarde y me decís que es porque habéis estado comiendo pescado crudo? Pero Alyssa, si no te gusta el pescado cocinado.

—Eh... —dijo ella sonrojándose.

No iba a admitir que el sushi era lo más asqueroso que había probado en su vida así la mataran.

—¡Cierto, pero me encanta crudo! —dijo agarrándose del brazo de Dirk.

—Dirk, si quieres ser un vaquero vas a tener que tomártelo en serio. De lo contrario, no cuentes conmigo. Me importa un bledo el contrato, ¿de acuerdo?

—Claro —contestó quitándole a Alyssa el brazo de los hombros como si le hubiera leído el pensamiento a Mark.

Alyssa puso los ojos en blanco y miró a Mark enfadada.

—En los establos al amanecer —sonrió él triunfal.

Debió de ser aquella estúpida sonrisa lo que la volvió loca porque se inclinó sobre Dirk y lo besó en la boca.

Acto seguido, se giró y salió de la cocina dejando a ambos hombres con la boca abierta.

«¿Qué te ha parecido eso, Mark?».

—¡Será una broma! —exclamó Dirk mirando la montaña de estiércol que lo esperaba en los establos.

—No, no es ninguna broma —contestó Mark entregándole una pala—. Nos vemos a la hora de comer.

—Mark, he venido para aprender a ser un vaquero —se quejó Dirk.

—Pues se empieza así. Lo tomas o lo dejas —le advirtió.

Se quedaron mirándose a los ojos y Mark rezó para que Dirk tirara la toalla y se fuera a que le enseñaran a otro rancho y a quitarle la mejor amiga a otro y...

—Muy bien —dijo finalmente Dirk—. Hasta la comida.

Mark lo vio alejarse hacia la montaña de estiércol y comenzar a cargar la carretilla. La satisfacción que había sentido hasta aquel momento comenzó a desvanecerse.

«¿Por qué no se comporta como un actor remilgado en lugar de aceptar de buen grado estas torturas? Si me hubiera tocado a mí vérmelas con esa pila de estiércol, me habría ido», pensó sintiendo cierta admiración por Dirk.

¿Tal vez se quedaba por el beso de Alyssa? Miró a su alrededor buscándola. Quería hablar con ella.

Estaba en el huerto que había en la parte norte de la casa, arrodillada y llena de barro. Desde su escondite, recordó la primera vez que había ido a verla a la universidad.

Había ido sin avisar y aquello se había convertido durante tres años en su pequeña costumbre. Solía ir muchos domingos por la mañana con café y bollos recién hechos. Se sentaban a leer juntos el periódico y se reían comentando las noticias.

Él le contaba todo lo que pasaba en el rancho y ella le contaba todo lo que estaba aprendiendo. Entonces, Mark creía que nada iba a cambiar entre ellos.

Mirándola, se preguntó por qué nunca había habido nadie con ella los domingos por la mañana. La había ido a ver por sorpresa cientos de veces y nunca la había pillado con un chico.

Aunque sabía que había tenido novios, también sabía que ninguno le había durado mucho. De hecho, él no había conocido a ninguno.

—Hola —dijo mientras ella recogía tomates.

—No pienso hablar contigo —le dijo Alyssa.

—Entonces, hablaré yo —dijo Mark poniéndose frente a ella.

—Me parece que ya has hablado suficiente —dijo Alyssa sin mirarlo.

—Esos tomates tienen buena pinta.

Alyssa no contestó.

—Debe de ser por el abono que les pusimos antes de que empezara a helar —apuntó Mark—. ¿Sabes que Dirk está recogiendo estiércol? Como hemos hecho todos antes.

Alyssa lo miró y Mark volvió a tener la sensación de que estaba perdiéndola.

«Ya no es suficiente para ella».

—¿Te acuerdas de cuando iba a verte a la universidad los domingos por la mañana?

—le dijo sin pensar.

—Claro que sí —contestó Alyssa—. Te pasabas allí la vida —le espetó.

—Nos los pasábamos bien, ¿verdad? Haciendo los crucigramas y eso...

—Mark, ¿has venido a pisarme los tomates para recordarme el café, los bollos y el *Sunday Times*?

—¿Dónde estaban tus novios?

—¿Cómo? —dijo Alyssa como si le hubiera hablado en chino.

—Nunca estabas acompañada. ¿Por qué?

—Mark, ¿te has vuelto loco?

—No...

«Sí, claramente, me he vuelto loco. Ayúdame, Lis».

—No creo que sea asunto tuyo dónde estaban mis novios o cuándo se quedaban a dormir —contestó.

—Ya, pero eres mi mejor amiga y me estaba preguntando por qué tus novios no se quedaban a pasar la noche del sábado.

—Eres mi mejor amigo, pero, maldita sea, no es asunto tuyo.

—¿Por qué no pasabas los domingos con tu novio?

Alyssa no contestó. Estaban tan enfadada que Mark se sintió mal de repente. Las cosas estaban cambiando y no le gustaba.

—Dijiste que no te ibas a meter, pero no

puedes, ¿verdad? —le ladró Alyssa.

—No —contestó indignado.

—Sí —gritó Alyssa—. Estás acostumbrado a ir detrás de mí dándome órdenes.

—No te doy órdenes, solo me pregunto dónde estaban tus novios de la universidad.

—¿Todo esto es por Dirk?

—¡No! —se apresuró a contestar Mark.

—Mira, las cosas cambian y el tiempo pasa. No iba a seguir siendo toda la vida tu compañera de desayuno de los domingos. Me voy en septiembre —le recordó—. Me voy y voy a tener mi vida y tú no vas a poder aparecer cuando te dé la gana.

—Ya lo sé —dijo Mark dándose cuenta de que nunca lo había pensado así.

De repente, se dio cuenta de que aquel verano era el último que iba a pasar allí. Sintió un terrible vértigo y le pareció que nada tenía sentido.

—Si en el futuro quieres venir a desayunar conmigo, llámame antes —dijo Alyssa levantándose y yendo hacia la casa con la cesta de tomates.

Mark perdió el equilibrio y acabó sobre una tomatera.

«Esto no está bien», pensó.

Sentía un tremendo dolor en el pecho y se dio cuenta de que comenzaba a sentirse solo.

Alyssa se apoyó en el fregadero y se preguntó por qué le temblaban las manos. Abrió el agua fría y se refrescó la cara.

Le dolía. Había algo que le dolía en el pecho y tenía el corazón desbocado.

Todos aquellos domingos... normalmente, dos al mes.

Nunca ninguno de sus novios, que no habían sido muchos, la verdad, se quedaba a dormir un sábado por la noche por si Mark iba a verla al día siguiente. Ni siquiera lo había hecho adrede. Era una de las muchas cosas que había hecho inconscientemente para que él siguiera formando parte de su vida.

Se había propuesto que todo siguiera igual, que él no notara nada, para que siguiera yendo a verla y poder disfrutar de su compañía dos veces al mes.

Y fingir.

Fingir que Mark la quería.

Su vida giraba alrededor de él.

«Idiota», se dijo. «Estúpida».

Se tapó la cara con las manos e intentó no llorar.

La comida resultó de lo más desagradable.

Dirk decidió comer fuera porque olía muy mal y la familia quiso acompañarlo. Mark salió con su sándwich y se encontró con la mirada asesina de Alyssa.

Para colmo, todos los demás estaban rodeando a Dirk.

«Si quieren hacer el idiota por un actor maloliente, muy bien», se dijo yéndose al establo.

Al cabo de cinco minutos, se dio cuenta de que el que se estaba comportando como un idiota era él.

Ningún actor, aunque fuera Dirk Mason, le iba a hacer comer solo en el establo como si fuera un niño asustado.

Volvió al porche y buscó a Alyssa, que no estaba. Entonces, decidió comer en la cocina.

«Que es el sitio normal para comer», se dijo.

Al entrar, la vio.

Estaba junto al fregadero, con la ventana abierta, y el viento le movía el pelo. Tenía los ojos cerrados y la boca abierta. Movió la cabeza para que el viento le diera en el cuello y suspiró de gusto.

Mark sintió que el corazón le latía aceleradamente y se vio abrumado por un deseo repentino. Fue tan fuerte que tuvo que poner una mano en la pared.

«No debería quedarme», pensó como si estuviera interrumpiendo algo privado.

Pero no podía moverse porque era lo más

bonito que había visto jamás. Aunque sabía que lo podía pillar en cualquier momento, mirándola con lujuria, no podía moverse.

Era tan guapa...

De repente, se dio cuenta de que su ingle había reaccionado ante la visión. Dio un paso hacia ella sin saber muy bien qué iba a decirle, pero sabiendo que se moría por tocarla.

—¿Alyssa?

¿Había sido él?

—Perdona, Dirk, no te había visto —dijo ella mirando por la ventana y riendo nerviosa.

«¿Qué estoy haciendo? ¿Qué habría hecho si no llega a aparecer Dirk? ¿Tocarla? ¿Besarla?», se preguntó Mark cerrando los ojos con fuerza.

—Te he traído unas flores.

—Qué bonitas —dijo Alyssa oliéndolas.

—No tanto como tú —contestó Dirk.

Alyssa se sonrojó y Mark se alejó por el pasillo sin hacer ruido.

Deseaba a Alyssa y no sabía qué hacer.

En el transcurso de la semana la situación se deterioró. Cuanto más caso hacía Dirk a Alyssa, más se enfadaba Mark. Su venganza era encargarle tareas cada vez más penosas.

Así, Dirk se encontró cepillando a todos los caballos, dando de comer a las gallinas y a los perros. Todo lo desagradable lo hacía Dirk, y Mark no sabía qué lo enfadaba más, que lo hiciera sin rechistar o el origen de todo aquello.

El martes, Mark mandó a Dirk a arreglar la verja norte, la misma que él se había pasado buena parte de la noche destrozando. Mientras lo hacía, sin camisa y con aquella estúpida sonrisa en su rostro de «me da igual, Mark, puedo con todo lo que me des», Alyssa le llevó un termo de limonada y una bolsa de galletas.

Al volver hacia la casa, pasó junto a Mark y le sacó la lengua. Mark tuvo que hacer ejercicios de respiración para no salir corriendo tras ella y su lengua. Y, como no pudo hacer lo que realmente le pedía el cuerpo, pagó su frustración de nuevo con Dirk.

—¿Seguro que hay que hacer esto? —preguntó el actor una vez en los establos.

—Quieres ser un auténtico vaquero, ¿verdad? —contestó Mark sintiéndose estúpido buscando al viejo gato tuerto.

—Nunca había oído que los vaqueros les dieran pastillas de proteínas a los gatos.

—En este rancho lo hacemos —contestó Mark sintiéndose culpable.

Dirk consiguió agarrar a un gato y le metió

la pastilla en la boca.

—Espero que la Academia me lo recompense —comentó.

En sus momentos de cordura, Mark se decía que Alyssa era una adulta que sabía cuidarse y que Dirk solo era educado y cordial con ella. Entonces, tenía arrepentimientos, pero, al recordarla parpadeando y mirándolo con cara de boba, volvía a convertirse en un ser despiadado.

No podía apartar de su memoria la escena de la cocina. Solía tener sueños eróticos con Alyssa que le impedían mirarla a la cara al día siguiente.

«No puedo dormir, no puedo trabajar; ver a Alyssa y a Dirk me está matando», pensó Mark el jueves mientras esperaba en el porche a verlos salir hacia el establo. Al ver que Dirk le pasaba el brazo por los hombros y que ella lo saludaba muy contenta, Dirk sintió un gran agujero en el pecho.

«Tengo que hacer algo».

—¿Qué es esto? —preguntó al sentarse a cenar aquella noche.

—Tofu —contestó Alyssa como si lo comieran todos los días y no hubiera tenido que atravesar medio Montana para encontrarlo.

—Genial —dijo Dirk—. ¿Te acuerdas que te dije que me encantaba?

—Por supuesto —contestó ella sonriendo y acariciándole el hombro.

Tuvo que hacer un esfuerzo para no reírse al ver la cara de Mark.

—Lis, me he pasado todo el día trabajando y no quiero comida sana, ¿sabes?

—¿Tú te has pasado todo el día trabajando? Perdona, pero aquí el que más trabaja es Dirk. Y por tu culpa —le contestó Alyssa.

—¡Siempre está bien probar nuevos platos! —exclamó Missy indicando a los demás que comieran.

Al ver que se lo metía en la boca, su marido y su hijo pequeño la imitaron algo reticentes.

Alyssa se dio cuenta de que Billy mascaba a toda velocidad respirando por la nariz, cerraba los ojos y se lo tragaba.

—Está muy bueno —dijo Mac tras hacer lo mismo.

«Pobres», pensó Alyssa avergonzada de haber dejado que la situación llegara tan lejos. Estaba haciendo todo lo imaginable para hacer creer a Mark que Dirk y ella se estaban enamorando, pero aquello se estaba convirtiendo en una pesadilla.

No tenía ni idea de cómo se cocinaba el tofu, había puesto tomates secados al sol en la ensalada de atún y germen de trigo en las galletas de chocolate preferidas de Mark. Estaba tan ocupada dándole celos que no sabía si iba o venía.

«¡No me voy a dar por vencida!», pensó. «Mark tiene que aprender a no meterse en la vida de los demás. No es quién para decirme lo que tengo que hacer. A ver si se entera de una vez».

—¿Has visto lo que has hecho? —le espetó Mark—. Les estás haciendo mentir.

—¡Cállate! —exclamó ella.

—No tendrían que mentir si cocinaras comida de verdad —dijo Mark señalándola con el dedo.

Alyssa apoyó ambas palmas en la mesa y se acercó a él.

—¿Cómo te atreves a decirme lo que tengo que hacer? —le reprochó—. Claro, como eres un cerrado y un...

—¿Un cerrado yo?

—¡Sí, tú, que no ves más allá de tus narices!

—Ah, ya sé por qué lo dices —dijo Mark batiendo las pestañas como alas de mariposa.

—¿Qué haces?

—¡Imitarte cuando te crees Marilyn Monroe!

—¿Yo? —gritó Alyssa ultrajada.

Sin pensarlo dos veces, agarró el plato de

tofu de Mark y se lo tiró por la cabeza.

—¡Eh! —gritó él haciéndole lo mismo.

Alyssa alargó el brazo para agarrar el plato de Missy, pero el padre de Mark se levantó, la tomó de la cintura y la sacó al porche.

—¡No huyas! —gritó Alyssa al ver que Mark salía de la cocina.

—¿Qué demonios te pasa? —le dijo Mac una vez fuera—. Nunca te había visto así.

—¿Por qué no se lo preguntas a Mark? ¡Se comporta como si fuera el dueño de todo y de todos!

Mac la miró con tristeza.

—Soy lo más parecido que tienes a un padre y me estás rompiendo el corazón, cariño. Mi casa está patas arriba.

—No por mi culpa —insistió Alyssa sabiendo que sí tenía culpa.

—¿Crees que no nos hemos dado cuenta de que tonteas con Dirk solo cuando Mark está mirando? Te arreglas y haces cenas raras para enfadar a mi hijo.

—Eso no es cierto…

Mac enarcó una ceja.

—Lo único que quiero es que comprenda el mensaje.

—¿Qué mensaje?

—¡Que soy una adulta! —contestó Alyssa.

«Que les parezco guapa a otros hombres e incluso le puedo gustar a un actor», añadió para sí misma.

—Siempre has sido muy cabezota en lo que respecta a Mark y me parece a mí que crecer y convertirte en una adulta no lo ha cambiado.

—Ya no soy una niña. Ya no estoy enamorada de él, Mac.

—Entonces, ¿por qué estás intentando volverlo loco?

—Se está volviendo loco él solo por mi relación con Dirk. ¡Yo no estoy haciendo nada! —mintió.

Mac la miró con cariño y Alyssa se dio cuenta de que lo sabía todo.

—Te quiero mucho, pequeña —le dijo abrazándola—, pero no me gusta nada el tofu.

—A mí, tampoco —contestó Alyssa sintiéndose a gusto entre aquellos brazos.

Capítulo Seis

MARK miró el reloj y gimió. «Las dos de la mañana. Quiero dormir».

Se había lavado el pelo para quitarse el tofu y se había dado un buen paseo con Bojangles, así que debería estar exhausto. La verdad era que lo estaba, pero no podía dormir. Se puso a pensar en lo mal que había salido su plan.

«Dirk le da pastillas de proteínas a los gatos y Alyssa y yo nos tiramos los platos de tofu a la cabeza», pensó.

Aquello iba de mal en peor.

«No sé si me estaré equivocando. Al fin y al cabo, si Alyssa quiere perder el tiempo con un actor guapo, rico y famoso es asunto suyo, ¿no?».

Para colmo, tenía un terrible dolor de cabeza del que no podía culpar a nadie. ¡Horrible! «Le voy a pedir perdón, me voy a portar bien y me voy a olvidar de toda esta estupidez. Así aprenderá», decidió.

No sabía muy bien qué iba a aprender Alyssa, pero aquello lo ayudó a dormir.

Alyssa y Mark se evitaron en el establo. Mientras preparaba el desayuno, Alyssa intentó ensayar una disculpa.

Lo oyó entrar y tardó unos segundos en girarse para hacerlo sufrir un poco más. Cuando lo hizo, preparada para cualquier cosa que le pudiera decir, se encontró con Mark mirándola de una forma nueva.

Aquello la dejó sin aliento.

«Me está mirando como si... me deseara», pensó.

Imposible.

Si había habido una constante en su vida, había sido que Mark Cook no la deseaba.

Mark bajó la mirada y sacudió la cabeza.

Alyssa sintió, como desde que tenía cinco años, aquella agradable sensación que siempre tenía cuando estaba con él.

Mark levantó la vista y sonrió.

«¿Por qué no me puede querer como yo lo quiero a él?», se preguntó por enésima vez.

—Lis, mira...

«Sé fuerte, no dejes que este vaquero de ojos límpidos y hoyuelos te reblandezca el corazón. Te trata como si fueras su hermana pequeña y ayer te tiró tofu por la cabeza», se dijo.

Mark dio un paso hacia ella con una mirada inequívoca. Alyssa se dio cuenta de que iba a hacer o a decir algo que no le permitiría seguir enfadada con él, así que tomó una decisión drástica.

—Dirk me ha invitado esta noche al Rose Steakhouse —soltó.

Mark se paró al instante, se quedó pensando unos segundos y se volvió a poner el sombrero.

—Me voy a duchar —anunció.

En cuanto Mark salió por una puerta, Alyssa lo hizo por la otra para ir a buscar a Dirk para decirle que aquella noche la tenía que llevar al Rose Steakhouse.

Alyssa metió el guiso en la nevera para que la calentaran para cenar y subió a su habitación a arreglarse.

Al cabo de un rato, Mark fue detrás.

En la ducha fría que se había dado aquella mañana, había decidido pedirle perdón y decirle cuánto se alegraba de que le fuera bien con Dirk.

«Aunque me muera», pensó.

—¿Lis? —dijo llamando a la puerta.

—¿Sí?

—¿Puedo pasar?

Alyssa abrió la puerta al cabo de unos segundos.

—Así que os vais a cenar, ¿eh? —dijo admirando lo guapa que estaba.

—Sí —contestó ella maquillándose.

Mark se quedó callado unos segundos, mirándola. Sabía que, en cuanto le dijera lo que había ido a decirle, las cosas no volverían a ser como antes.

Él era el único que no quería que cambiaran, pero era imposible y lo sabía.

—¿Qué quieres, Mark? —le preguntó ella mirándolo por el espejo.

Mark se forzó a mirarla a los ojos y a abrir la boca.

«Te quiero a ti. No sé por qué ni desde cuándo, pero me muero por ver lo que hay bajo ese vestido. Me está matando verte con Dirk. Cada vez que te toca me siento morir porque sé que yo no puedo hacerlo. No puedo ignorar lo que siento por ti, pero no sé tampoco qué hacer con ello. Necesito saber qué es lo que ya no es suficiente para ti. ¿Yo? ¿El Morning Glory?», pensó.

—Lo, eh, siento —contestó en un hilo de voz—. Eres una adulta y te he estado tratando como si tuvieras cuatro años —añadió sonriendo al ver que Alyssa se quedaba con la boca abierta—. Y...

«Ya está», pensó desesperado por salir de allí.

—Pásatelo bien, Lis —concluyó saliendo de su habitación con una espantosa sensación de derrota.

Dirk Mason era el rey de la charla. Tras seis paseos a la luz de la luna, una cena japonesa, el trayecto a Billings y varias conversaciones en el rancho, Alyssa no sabía casi nada de él.

Solo que había tenido un perro de pequeño, que le gustaban las salchichas y el pastel de limón, que era demócrata y que era de una pequeña ciudad de Missouri.

Hablaban de mil cosas sin importancia y el hecho de que fingiera escucharla con interés cuando Alyssa sospechaba que le importaba un bledo lo que le estaba contando la ponía enferma.

«No debe de saber ni cómo me apellido», pensó.

Aunque iba a salir a cenar con un hombre guapo, estrella de cine además, sabía que no iba a poder dejar de pensar en Mark, en cómo había entrado en su habitación y apenas se había atrevido a mirarla a los ojos.

Se quería morir.

El hecho de que Mark aceptara su relación con Dirk y le deseara que les fuera bien le había dolido mucho más que su oposición.

«Es lo mejor», se dijo por cuarta vez desde que se había ido. «Pronto no sentiré nada por él», intentó autoconvencerse.

—¿Vais mucho a ese restaurante? —le preguntó Dirk mientras conducía hacia el Rose Steakhouse.

—Un par de veces al año —contestó Alyssa—. Cuando hay algo especial.

—Hoy es especial, ¿verdad? —sonrió él.

—Supongo —contestó ella con el corazón acelerado.

Por alguna extraña razón, sentía pánico. Tomó aire un par de veces y se dijo que tenía que controlar la situación, pero se le estaba yendo de las manos.

—Nunca me has contado cómo empezaste en el mundo del cine —dijo decidida a que le gustara aquel hombre aunque solo podía pensar en Mark.

—Empecé porque me lo pedía el cuerpo. Era lo que debía hacer y lo sabía —contestó Dirk.

Alyssa pensó que aquella frase le resultaba familiar y recordó una entrevista especial que le habían hecho en el programa de Barbara Walters.

—¿Y tus padres qué dijeron?

—Mi madre me apoyó desde el principio y mi padre, aunque quería que me dedicara a los negocios como él, acabo haciéndolo también —contestó Dirk sonriendo.

Tenía una sonrisa maravillosa, la verdad.

De repente, Alyssa se dio cuenta de que la utilizaba para distraer a los demás. ¿Creía que, así, iba a dejar de hacerle preguntas?

—¿A qué se dedicaba tu padre?

—¿Por dónde voy ahora? —preguntó Dirk a pesar de que tenía el letrero de Rose Steakhouse delante de las narices.

—Puedes aparcar detrás —apuntó Alyssa—. ¿Qué hace tu padre?

—Estoy muerto de hambre —comentó Dirk.

—Dirk, dímelo —insistió Alyssa.

—Cariño, nos lo estamos pasando bien... —contestó él con una sonrisa todavía más grande.

—No pienso entrar a cenar si no me lo dices —dijo Alyssa sin saber por qué.

—Muy bien —contestó Dirk dejando de sonreír—. Pero te advierto que, como se lo digas a alguien, Guy se va a enfadar mucho contigo. Ha hecho creer a todos que mi padre se dedica a la publicidad.

—No se lo diré a nadie —le prometió Alyssa.

Dirk miró a su alrededor y se acercó a ella.

—Es pocero —susurró.

—¿Pocero?

—Sí, ssss —dijo como si hubiera espías—. ¿Podemos entrar a cenar ya?

Dirk eligió la mesa que estaba justo en mitad del restaurante y Alyssa se sintió como un pez en una pecera. Todos los presentes los miraban.

90

—¿Seguro que te quieres sentar aquí? —le preguntó incómoda.

—¿Tiene algo tu silla?

—No, pero...

—Estupendo. Me muero de hambre —dijo sonriendo a la joven camarera y haciendo que se le cayera el bolígrafo.

La noche fue de mal en peor.

En Lincoln, Montana, todo el mundo se enteraba de todo, pero aquello fue demasiado. Para cuando habían pedido la carne y se levantaron al bufé de ensaladas, la ciudad entera había ido al restaurante a pedir un café y a mirar.

Todo el mundo quería hablar con él, así que pronto Dirk Mason se vio sonriendo, riendo, dando besos y firmando autógrafos en servilletas y otros objetos de lo más variopinto.

—Hola, Carrie —saludó Alyssa a una amiga del colegio.

—¿Qué haces tú con Dirk Mason? —dijo Carrie sin poder apartar los ojos de él.

—Intentar cenar.

—¡Qué guapo es!

—Sí —contestó Alyssa aburrida.

Se comió la ensalada y Dirk ni se había sentado a la mesa de nuevo. Cuando llegó la carne, le hizo una seña, pero fue inútil.

—¿Tienes un boli? —le preguntó.

—Sí, claro, ¿para qué?

—Para firmar autógrafos, cariño, ¿para qué va a ser? —contestó Dirk.

Y, así, pasó de cita a ayudante. Incluso ayudó al editor del periódico local a hacer unas fotos.

Se comió su carne y pidió que le pusieran la de Dirk para llevar. Tal vez, Mark estuviera despierto y le apeteciera.

Cuatro tazas de café después, decidió que aquella había sido la peor cita que había tenido en su vida.

«Me lo tengo merecido. Por jugar con dos buenos hombres», pensó dándole su servilleta para que le firmara un autógrafo a la señorita Simon, su profesora de cuarto curso.

—El último lugar donde esperaba encontrarte —dijo una voz.

Dirk sintió que se le aceleraba el corazón.

«No pasa nada, no he comido carne», se dijo.

Se giró y, entre la gente, se abrió camino un majestuoso Guy, vestido como un vaquero de lujo. Dirk lo recibió encantado.

«Esta vez, te has superado a ti mismo», pensó con admiración.

—¿Has estado comiendo carne? —le reprochó su ayudante.

—No, te lo prometo —contestó Dirk sinceramente.

Guy sonrió y se sentó.

—Esto parece un decorado perfecto y esta gente no podrían ser mejores para hacer de extras —comentó.

—¿Verdad? —dijo Dirk.

—¿Qué haces aquí? —intervino Alyssa.

«Uy, es verdad», pensó Dirk acordándose de ella.

—He tenido que venir para que Dirk me firmara unos documentos —contestó Guy.

—Ah —dijo Alyssa—. ¿Nos vamos a casa para que podáis hablar? —añadió esperanzada.

—No, no voy a alojarme en el Morning Glory —contestó el ayudante de Dirk.

—¿Y dónde vas a estar? —preguntó él sorprendido.

—En un motel horrible que se llama Bit and Bridle —contestó Guy—. Es un asco, pero tengo una cama muy grande. Lo malo es el perro de al lado, que no para de ladrar. Huele a húmedo y las sábanas no he querido ni mirarlas, pero, al menos, no hay polvo.

—Pobre —dijo Dirk—. Lis, supongo que estarás cansada. ¿Te quieres llevar mi coche y ya me acercará luego Guy al rancho?

—¡No! —exclamó Alyssa—. Prefiero llamar a Mark para que me venga a buscar.

—Toma —dijo Guy dándole su móvil.

Alyssa habló con Mark mientras Guy le acariciaba a Dirk la pierna por debajo de la mesa.

Mark estaba dormido en el porche con un libro. Se había quedado esperando a que volviera Alyssa, pero no había podido aguantar el sueño.

—¿Sí? —dijo al oír el teléfono.

—¿Mark?

—¿Lis? ¿Dónde estás? —dijo mirando la hora. Las diez y media.

—¡En el Rose Steakhouse! —gritó para que la oyera—. Siento molestarte, pero ¿podrías venir a buscarme?

—¿Estás bien? ¿Qué pasa? —le preguntó preocupado.

—Sí, estoy bien —contestó ella—. Ya te contaré.

Dos minutos después, Mark ya iba de camino.

Durante los otros veinte que tardó en llegar, se torturó imaginándose a Alyssa y a Dirk dándose de comer o haciéndose carantoñas en el bufé de las ensaladas.

«Tendría que haber parado esto desde el principio», se dijo.

Para cuando llegó, le dolía la cabeza de

tanto darle vueltas y estaba decidido a enseñar a Dirk a inseminar vacas de forma artificial. Después de haberle dado un buen puñetazo en la nariz, claro.

Alyssa lo estaba esperando fuera.

—¿Qué pasa? —dijo agarrándola de los hombros.

—Nada, Mark, tranquilo —contestó Alyssa—. ¿Por qué traes esa cara?

—Porque llevo veinte minutos creyendo que estabas... —«haciendo el amor con Dirk en el restaurante»— que te había pasado algo.

—¿Y por eso se te cierra y se te abre el ojo así? —preguntó confundida.

—Sí, y me da acidez de estómago —confesó—. ¿Qué ha pasado?

—Que ha llegado Guy para hablar de negocios, así que yo me he ido —sonrió Alyssa yendo hacia la camioneta.

—¿Dónde están?

—Se han ido.

—¿Se han ido? —repitió Mark esperanzado.

—Guy está hospedado en el Bit and Bridle, en el ático.

—Estos tipos tienen mucho dinero —comentó Mark.

—Desde luego —dijo Alyssa subiéndose al vehículo.

—¿Qué tal la cena? —le preguntó Mark al cabo de un rato conduciendo.

Alyssa sonrió y le describió lo que había pasado.

—¿Y Guy llevaba unos pantalones brillantes?

Alyssa asintió y Guy no podía pararse de reírse. Cuando la oyó reír a ella también, pensó que aquello era maravilloso, como en los viejos tiempos.

«Tal vez, si dejo de imaginármela desnuda, todo vuelva a ser como antes», pensó.

—Te he traído su entrecotte —dijo Alyssa.

—Gracias —contestó el mirándola.

Sus ojos se encontraron y ambos tuvieron que tomar aire.

—Lo siento, Mark, me he portado muy mal.

—Yo también lo siento, Lis. Me he pasado.

—Sí, la verdad es que sí —sonrió Alyssa—, pero eso no es excusa para que yo me porte mal contigo.

—Lo del tofu lo empezaste tú —apuntó Mark sonriendo.

—Sí, pero tú no te quedaste corto —contestó Alyssa tocándole el hombro y haciendo que Mark sintiera una descarga eléctrica.

«¡Esto no es normal!», decidió bajando la ventanilla.

Se quedaron en silencio hasta que pasaron por la entrada del rancho de la familia de Alyssa.

—¿Sabes algo de ellos?

—Voy a ir a verlos dentro de unos días —contestó ella.

Alyssa solía ir a ver a sus padres un par de veces al mes para asegurarse de que estuvieran bien y para recibir su dosis de culpa y resentimiento, algo de lo que su padre se encargaba que no le faltara. No tenía por qué ir, pero lo hacía por su madre, a la que adoraba aunque apenas se enterara de su presencia.

Mark sabía que Alyssa no perdía las esperanzas de que las cosas cambiaran y esperó a que se mordiera la uña del pulgar, señal de nerviosismo en ella.

Intentó no pensar en aquella imagen que lo acompañaba desde el episodio de la ventana de la cocina, pero no podía.

Si hubiera sido cualquier otra mujer, habría dejado que la naturaleza siguiera su curso allí mismo. La tenía tan cerca que sería lo más fácil. Pero era Alyssa y no sabía qué hacer con ella.

—Lis, estaba pensando en... —se interrumpió de pronto preguntándose qué le iba a decir.

—En nada bueno, seguro —bromeó ella—. ¿Quieres que vayamos al mirador? Hace mucho que no vamos —propuso.

—Estupendo —contestó sintiendo una gota de sudor que le bajaba por la espalda.

Genial. Alyssa, estrellas y nadie en varios kilómetros a la redonda.

«Qué tortura», pensó.

Al llegar, bajaron y se sentaron uno junto al otro en silencio. Sobre la camioneta, con las espaldas pegadas al parabrisas y mirando al cielo.

—¿Cuántas veces habremos hecho esto? —le preguntó Mark.

Alyssa lo miró sorprendida.

—Últimamente, estás de lo más nostálgico —comentó.

—¿Yo? —dijo acercándose un poco.

Hasta que sus brazos se tocaron. Era el tipo de tortura que le había encantado hacer en el colegio y descubrió con asombro y placer que seguía funcionando.

—Sí —contestó ella quitándose el pelo de la cara—. Hablas del pasado, me vienes a ver a la universidad y, ahora, esto. No parece tú.

—Bueno... será porque ha sido una semana un tanto rara.

—Desde luego —dijo Alyssa—. ¡He comido sushi! ¡Qué asco!

—Sí, pero con Dirk Mason —apuntó Mark pasando al tema que lo tenía loco.

Por lo que le había contado que había

pasado en el Rose Steakhouse, su romance había terminado, pero no lo sabía seguro.

—Cierto, pero no por ello estaba bueno. Prefiero un buen filete con patatas normal y corriente.

—¿Y qué me dices de Dirk?

—¿A qué te refieres?

Mark la miró desesperado y vio que le estaba tomando el pelo, así que le dio un golpe en el brazo.

—Au —rio Alyssa a punto de caerse si no hubiera sido porque él la agarró.

—Ten cuidado.

—Qué daño.

—Estate sentadita y quietecita —le dijo recordando cuando iban a atrapar insectos tras la misa de los domingos.

Una vez en concreto, estando tumbados a la orilla del río, Mark se había puesto uno de sus rizos de bigote y se había quedado observándola.

—¿Qué miras?

—Creo que... sí es una vaca —había contestado ella guiñando un ojo.

Mark había colocado la cabeza junto a la suya y había guiñado el ojo, pero no había visto la vaca. Solo una nube.

—No la veo —había dicho haciéndose cosquillas con su mechón por la nariz.

—¡Como no empieces a utilizar la imaginación, te vas a quedar sin ver muchas cosas! —le había dicho ella exasperada.

Tenían once años.

Mark alargó la mano y le tocó un rizo para ver si seguía teniendo la misma textura, para ver si seguía oliendo igual…

—¿Qué haces? —susurró Alyssa.

Mark no sabía qué contestar. Estaba bien así, con ella cerca, tocándole el pelo. La deseaba.

—Lis —musitó besándola lentamente como en una película.

Capítulo Siete

ALYSSA no sabía si aquello estaba pasando de verdad.

No sabía si aquellos labios eran de verdad los de Mark o era otro sueño del que, irremediablemente, tendría que despertar.

Abrió los ojos para comprobarlo. Sí, era cierto. Eran sus labios. Mark la estaba besando. Aquello era mejor que cualquier sueño.

Sentía su aliento en la mejilla y el movimiento de sus pestañas. Ninguno se movía. Era erotizante.

«Sí». Era lo único que podía pensar.

Sintió su lengua suave en los labios, cerró los ojos y se rindió a la evidencia. Le pasó los brazos por el cuello, estiró el cuerpo bajo el suyo y se derritió contra él.

Alyssa lo había recibido con ternura. Su cuerpo era como una nube que no podía dejar de acariciar.

Alyssa notó su erección y sintió que el deseo se apoderaba de ella. Llevaba años mirándolo con amor y ahora podía, por fin, tocarlo con el mismo amor. La espalda, el cuello, los brazos, las manos.

No quería perderse nada. Tenía a Mark

para ella.

Tras años esperando aquel momento, no se pudo contener. Le agarró la cabeza y lo besó con todas sus fuerzas. Cayeron los dos sobre el capó de la camioneta con fuerza, presas del deseo.

Mark le quitó la camisa y le acarició la tripa. Alyssa disfrutó del momento con todo su cuerpo y toda su mente. Sintió cómo la mano subía hacia su pecho con cautela. Al sentirla sobre el pezón, echó la cabeza hacia atrás y emitió un gemido de placer.

Mark deslizó una pierna entre sus muslos y ella la recibió gustosa. Mark la tomó de las caderas y la apretó contra él.

Mark le mordisqueó el cuello con cuidado mientras le acariciaba los pechos. Al cabo de un rato, se dio cuenta de que Mark estaba empezando a perder el control y aquello la excitó más que cualquier otra cosa en el mundo.

Se pegó contra él todavía más y comenzó a desabrocharle el cinturón. Poco después, se encontró con el objeto de su deseo en la mano. Nunca se había sentido así. Tan hambrienta y lujuriosa.

En ese momento, Mark comenzó a desabrocharle los pantalones. Aquello fue demasiado. Mark no podía más. ¿Había algo más erotizante en el mundo?

Sí, sentir uno de sus dedos en el interior de su cuerpo.

Alyssa se mordió el labio para no gritar porque no quería que nada rompiera el momento. Solo quería disfrutarlo. Era su sueño hecho realidad y quería disfrutarlo.

—Oh, Lis, cariño —gimió Mark.

«¿Cariño? No, no, no lo estropees. No le voy a dar importancia. La gente se llama «cariño» todo el rato. ¿Qué más da cómo me llame mientras siga? Es Mark, ¡Mark!».

—¿Mark? —dijo sin obtener respuesta—. ¿Mark? —insistió.

—¿Lis? —dijo apartándose.

Se había acabado la magia.

«¡Estupendo! ¡Mira lo que he conseguido!», pensó Alyssa.

—Eh... ¿qué estamos haciendo? —susurró.

Le habría encantado seguir. De hecho, si hubiera sido cualquier otro hombre, habría seguido, pero era Mark.

No era una aventura puntual, no. Lo iba a tener que ver al día siguiente en el desayuno.

Lo amaba. Siempre lo había amado y, si seguía adelante y luego fingía que no había sido nada importante, sabía que se le iba a romper el corazón.

Sintió su sonrisa en el cuello y su último beso en el hombro.

Alyssa sintió ganas de llorar. Nunca lo había hecho. Siempre había sido una persona muy fuerte, pero todo el mundo tenía un momento en el que no podía más.

Mark se apoyó en el parabrisas, dobló las rodillas y apoyó la cabeza en las manos. Se quedó así un buen rato, respirando como un toro, mientras Alyssa intentaba dilucidar cómo enfocar lo que acababa de pasar.

Mark no le estaba resultando de mucha ayuda. Echó la cabeza hacia atrás, se pasó las manos por la cara y no dijo nada.

—Bueno —rio Alyssa decidiendo que era la mejor manera de enfrentarse a aquella situación.

Mark levantó la cabeza y la miró, pero no dijo nada y Alyssa no pudo leer en sus ojos. No quería albergar esperanzas, pero no pudo evitar desear oírlo decir que sentía lo mismo que ella sentía por él.

—Alyssa... —«Vuelve a besarme»—, lo siento —dijo Mark por fin.

«No, por favor, no me digas que lo sientes. Yo no lo siento en absoluto. ¡Dime lo que quieras, todo menos que lo sientes!», pensó ella.

—No hay nada que sentir, Mark —contestó con el corazón hecho añicos.

Cerró los ojos y los apretó con fuerza mientras se bajaba del capó. Sabía que la estaba mirando, así que se forzó a girar la cabeza con una gran sonrisa.

—No era mi intención —dijo Mark arrepentido.

Alyssa sintió como si tuviera un cuchillo clavado en la tripa.

—La mía tampoco —contestó Alyssa con una risa histérica.

—Esto no cambia nada —dijo Mark claramente preocupado por que ella pudiera querer algo más—. Seguimos siendo amigos, ¿verdad? —añadió bajando de un salto y colocándose junto a ella.

Lo tenía tan cerca que sintió deseos de apoyar la cabeza en su hombro y llorar.

—Por supuesto —mintió.

—Yo no...

«¿Tú no qué? ¿No me quieres? ¿No me deseas? ¿No quieres que me quede?», se preguntó.

—No quiero que las cosas entre tú y yo cambien.

—Claro que no, Mark —contestó sintiendo que la pesadilla se hacía realidad.

«Solo somos amigos. Siempre he sido su amiga y siempre lo seré. Punto final».

—Tal vez, lo mejor sería olvidarlo —propuso intentando encogerse de hombros.

Mark se quedó mirándola y asintió.

—Olvidémonos de todo.

Alyssa apoyó la cabeza en los azulejos de la ducha.

Llevaba allí desde que habían llegado al rancho. Había conseguido despedirse de Mark con una sonrisa, dar las buenas noches a los demás e incluso decirles que Dirk estaba con Guy.

Había conseguido llegar al baño, desnudarse y meterse bajo el chorro del agua antes de empezar a llorar.

Años de lágrimas resbalaron por sus mejillas. Nunca había imaginado que derramaría tantas lágrimas por Mark Cook.

Se sentía fatal. No podía soportarse a sí misma. No soportaba su vida ni sus excusas. Todo lo que había ocurrido en su vida llevaba exactamente a aquel momento y no podía culpar a nadie de ello. Solo a sí misma.

Mirándolo objetivamente, lo normal era que hubiese, tarde o temprano, algo sexual entre ellos. Dos jóvenes que pasaban, porque ella se empeñaba, demasiado tiempo juntos. Normal que pasara algo, claro.

«Eso será lo primero que cambiará», decidió entre lágrimas. «Nada de ir al establo antes de desayunar. No voy para ayudar, solo para estar con él».

Aunque era una decisión dura de tomar, sabía que lo del establo era solo la punta del iceberg.

Iba a tener que tener mucha fuerza.

«Me tengo que ir», se dijo lavándose la cara.

Ya había perdido mucho tiempo.

«¿De verdad creía que se iba a enamorar de mí, que me iba a decir en agosto que no me fuera? ¿Cómo he podido ser tan idiota?».

—Se acabó —dijo en voz alta cerrando el agua.

Un catedrático de la universidad le había ofrecido una y mil veces que lo llamara si necesitaba algo. Nunca lo había hecho porque siempre había estado empeñada en vivir en el pasado.

Ya iba siendo hora de hacer esa llamada.

Mark apoyó la cabeza contra el cuello de Bojangle y maldijo.

—Soy un cretino —susurró deseando poder dar marcha atrás en el tiempo unas horas.

Le había dicho a Alyssa que no quería que nada cambiara entre ellos, que no quería que se enfadara con él, que no pensara mal de él por haber perdido el control y ella le había dicho a todo que sí, pero, en cuanto se habían montado en la camioneta, se había dado cuenta de que algo había cambiado, de que había una frialdad entre ellos que antes no existía.

«¿En qué estaría pensando?», se preguntó.

«Obviamente, en nada», se contestó.

Nunca debería haber dejado que otra parte de su cuerpo que no fuera su cerebro pensara por él.

Alyssa era su mejor amiga y prácticamente parte de la familia. Confiaba en él y la había traicionado desnudándola encima de un coche.

«Pero parecía quererlo también», pensó.

Hasta que lo había llamado con una voz cargada de duda, había creído que era algo completamente mutuo, que Alyssa estaba tan excitada como él.

Sin embargo, se había bajado del capó, se había reído y había dicho que era mejor olvidarse de aquello.

¿Cómo?

«¿Qué debo hacer mañana cuando entre en el establo? ¿Debo hacer como si no hubiera pasado nada? ¿Debo olvidar el tacto de su piel y el olor de su pelo y no hacer nada cuando la vea tonteando con Dirk?

Mark se preguntó por qué había parado. No lo sabía, pero estaba claro que no había sido por falta de deseo. Eso lo tenía muy claro. Su cuerpo lo había recibido húmedo y caliente. Había sido por otras razones.

Entonces, recordó que Alyssa le había desabrochado los pantalones primero. ¿Qué debía pensar, entonces? Estaba hecho un lío.

Alyssa lo deseaba tanto como él a ella. De eso, no cabía duda.

A Mark ya no le era suficiente con ser amigos y se preguntó si a Alyssa le pasaría lo mismo.

Decidió ayudarla a que se diera cuenta de ello.

Capítulo Ocho

A la mañana siguiente, Alyssa no fue a ver a Mark a los establos. Mark se sorprendió y se enfadó porque se había pasado toda la noche ensayando un discurso en el que le decía que llevaban toda la vida siendo amigos y que lo seguían siendo, pero que, obviamente, había algo más entre ellos.

Dependiendo de cómo reaccionara ella ante esa última parte, tenía otro discurso preparado con todas las maravillosas razones por las que deberían acostarse.

Pensó que la vería en la cocina, pero, al llegar allí se encontró con todo el mundo menos con ella.

—No ha hecho ni café —comento Billy.

—¿Qué pasa? —preguntó Mark.

—Lis se ha ido. Ha dejado una nota —contestó su padre—. Dice que, si queremos desayunar, nos sirvamos los cereales en un cuenco y les pongamos leche por encima —añadió mirando a Mark—. ¿Qué significa eso?

—¿Dónde se ha ido? —preguntó él.

—A Billings —contestó Mac apoderándose de los cereales.

—¿Cómo? —exclamó Mark presa del pánico.

—Sí, por lo visto, tenía entrevistas de trabajo —inventó Mac.

—Uy, uy, Mark, ¿qué pasó anoche? —dijo Ethan.

—¿No hay café por tu culpa? —lo recriminó Billy.

—Háztelo tú —contestó Mark saliendo de la cocina sintiendo un gran vacío en su interior.

Alyssa volvió de Billings aquella noche. Las entrevistas habían ido bien. El catedrático la había ayudado en todo lo que había podido y, aunque era un poco tarde, había conseguido que la entrevistaran.

En dos de las clínicas, le habían dicho que, de momento, no necesitaban a nadie, pero que era muy probable que necesitaran de ella para otoño. Y en el hospital de animales le habían dicho que querían volverla a entrevistar.

¿Por qué había esperado tantos años para hacerlo? Sacudió la cabeza y abrió la puerta.

Eran más de las doce, pero había alguien levantado.

Sabía que era Mark. Lo sabía porque el corazón se le había acelerado y estaba sudando.

«¡Ya basta! ¡Olvídate de él!», se dijo furiosa.

Entró en la cocina y lo vio junto al fregadero, llenando una tetera.

—Hola —lo saludó con la esperanza de no tener que hablar mucho con él.

—Hola, Lis, ¿qué tal en Billings? —le preguntó él girándose.

—Bien —contestó ella intentando hacer como si no hubiera pasado nada.

Como si nunca se hubieran besado, como si Mark no le hubiera quitado la camisa y le hubiera besado los pechos bajo la luz de la luna.

—El hospital va a necesitar a una persona en breve —añadió ella.

—Creía que no te ibas hasta septiembre —apuntó Mark casi en un grito.

—No te preocupes. No me voy a ir sin avisar con tiempo —sonrió—. Ya le he dicho a tu madre que la ayudaré con la persona que me sustituya. Hasta mañana. Por cierto, no voy a bajar al establo. Estoy molida —dijo apresurándose a subir las escaleras hacia su habitación pensando que lo había hecho mejor de lo que esperaba.

Mark tuvo que soportar dos días más sin que Alyssa bajara a los establos y sin apenas verla, porque de buena mañana se iba a la ciudad con cualquier excusa y no volvía hasta la hora de la cena.

Cuando él entraba en un sitio, ella salía. El único momento en el que coincidía con ella era cenando y estaban todos los demás delante.

Para colmo, no paraba de reírse con Dirk. ¿Sería por eso por lo que no había querido tener relaciones sexuales con él? Tal vez, sintiera algo serio por el actor.

Deseó poder preguntárselo, pero no iba a ser posible porque la única persona que podía acercarse a ella a solas era precisamente Dirk.

Los celos comenzaron a apoderarse de él y se pasaba las noches despierto imaginándose a Alyssa y a Dirk juntos, imaginándose cómo ella le permitía hacerle lo que a él le había negado.

Como resultado, Dirk siguió limpiando estiércol y ocupándose de los animales y él siguió con acidez de estómago.

Alyssa se estaba quedando sin excusas para ausentarse del rancho. La gente se estaba empezando a dar cuenta.

—¿Cuántos currículos tienes que mandar por fax? —le preguntó Missy después de que anunciara desayunando que tenía que ir de nuevo a la ciudad.

—Solo uno más —contestó—. El hospital quiere hacerme una entrevista el sábado.

—Pero el sábado es el Gran Rodeo —le recordó Billy.

—No creo que pueda ir este año.

—¡Pero si te encanta! —apuntó Missy.

—Sí, pero tengo que seguir con mi vida. No puedo quedarme aquí para siempre —contestó Alyssa tragando saliva y fingiendo una sonrisa—. Creía que os ibais a alegrar de libraros de mí —bromeó viendo la cara de preocupación de la familia Cook.

Ethan y Cecelia se miraron y sacudieron la cabeza y Billy le puso mala cara. El único que no reaccionó fue Mark.

—Nunca nos alegraríamos de algo así, cariño —dijo Missy con tristeza.

Alyssa sabía que Mac y Missy querían que se quedara a vivir con ellos.

—¿Por qué no abres una clínica en Lincoln? —dijo Mac.

—Porque no tengo dinero —contestó ella levantándose y abrazándolo por detrás del cuello—. Además, no sé si podría sola con todo. Es mucho trabajo. Anda, chicos, dejad de hacer como si fuera el fin del mundo.

—Si quieres, yo te presto el dinero —propuso Mark sin apartar la vista del café—.

Tú eres capaz de hacer lo que te propongas —añadió mirándola.

Alyssa tuvo que desviar la mirada.

—Mark, no digas tonterías —contestó.

—A mí no me parece ninguna tontería —dijo él dejando la taza en el fregadero y saliendo de la cocina llevándose el corazón de Alyssa con él.

«¿Por qué no? ¿Por qué no se puede quedar a trabajar en Lincoln y seguir viviendo con nosotros? Nos deshacemos de Dirk, Alyssa abre su clínica y tenemos tiempo para ver qué pasa entre nosotros. Sería perfecto», pensó Mark furioso, de camino a los establos.

Cada vez que la oía hablar de entrevistas, citas, entradas o salidas sentía como si lo estuvieran desollando vivo; y lo peor era que no podía hacer nada excepto esperar y ver qué pasaba.

—Buenos días, Mark —dijo Dirk con alegría—. ¿Puedo ir contigo a lo de las vallas que hay que reparar?

—No —contestó Mark pasando a su lado.

—Mira, he cooperado en todo y he limpiado todo lo que me has dicho que limpiara. He tenido mucha paciencia…

—No vas a venir conmigo —ladró Mark.

—Tu familia firmó un contrato.

—Si te has hartado de limpiar vuelve al nivel básico con Billy.

—¿Todo esto es por Alyssa?

—¿Qué pasa con Alyssa? —vociferó Mark.

—Que creo que estás de mal humor por ella.

—No estoy de mal humor.

—Pues cualquiera lo diría —se arriesgó Dirk.

—Déjame en paz —le advirtió Mark.

—No es culpa mía que le guste yo ni que estés celoso. ¿Por qué no dejas de hacerme la vida imposible?

Mark no pudo más y le pegó un bofetón.

—¿Pero qué haces? —exclamó Dirk tocándose la cara.

—¡No estoy celoso! —mintió Mark.

—Claro que sí —insistió Dirk empujándolo con todas sus fuerzas.

—¡No! —bramó Mark.

—¡Sí! —contestó Dirk antes de darle un puñetazo en la nariz.

Ethan y Billy entraron en el establo y se encontraron a Mark y a Dirk pegándose. Ethan fue a pararlos, pero Billy se lo impidió.

—No se están pegando de verdad —le dijo.

—¿Ah, no?

—No, Dirk le está enseñando cómo se pega en el cine. A mí me lo enseñó la semana pasada.

Ambos se quedaron mirando mientras Mark arremetía contra Dirk, le daba una patada en el estómago y le saltaba encima.

—Vaya, se le da muy bien —apuntó Billy.

En ese momento, Dirk le soltó un derechazo que le abrió el labio.

—¡Se están pegando de verdad, idiota! —exclamó Ethan al ver que su hermano sangraba—. ¡Parad ya! —añadió separándolos—. ¡Os estáis comportando como dos críos!

—¡Ha empezado él! —se defendió Dirk.

—¿Tiene esto algo que ver con que no haya café desde hace un par de días? —aventuró Billy.

—No —contestó Dirk—. Es por Alyssa.

—Mark, a ver si dejas de comportarte como un hermano mayor con ella —le aconsejó Billy—. Tiene veintiséis años. No puedes ir por ahí pegando a los chicos con los que sale.

—No ha sido así —dijo Mark tocándose el ojo dolorido.

—Entonces, ¿por qué me has pegado? —preguntó Dirk.

—Porque le gustas —confesó Mark al cabo de unos segundos.

—Madre mía —dijo Billy saliendo del establo.

—Si me voy, ¿os vais a volver a pelear? —preguntó Ethan.

Dirk y Mark se miraron y negaron con la cabeza.

—No le gusto, ¿sabes? —dijo Dirk levantándose con dificultad—. Se siente atraída por mí, pero no le gusto. De hecho, creo que le parezco ridículo.

—¿Ah, sí?

—Sí, creo que es por el móvil.

Mark sonrió y se limpió la sangre del labio.

—No le gustan mucho —comentó.

Los dos salieron del establo y se sentaron en un banco.

—¿Estás enamorado de ella? —le preguntó Dirk a Mark.

—¿Enamorado? —dijo Mark asustado—. Vamos por pasos. Sé que somos más que amigos.

—¿Va a ir hoy a la ciudad?

—Tiene que entregar unos currículos —contestó Mark al tiempo que veían a Alyssa salir de casa, montarse en la camioneta e irse.

—Más vale que soluciones esta situación —le aconsejó Dirk.

—Lo he estropeado todo.

—¿Ah, sí?

—Sí —contestó Mark deprimido.

—Creo que puedo ayudarte.

—¿Cómo?

—Mark, conozco bien a las mujeres. Me han elegido varias veces el hombre más guapo del mundo. Hay mujeres que me mandan cartas, fotos, ropa interior, mechones de pelo, se tatúan mi nombre en partes que prefiero no pensar...

—¿Y? —dijo Mark nada impresionado.

—Y tengo cinco hermanas —concluyó Dirk triunfal.

—¿Por qué me querrías ayudar con Alyssa? —preguntó Mark receloso.

—Porque quiero dejar de limpiar estiércol —contestó Dirk sinceramente.

—Eso se llama chantaje.

—Extorsión, más bien.

—Podría volverte a pegar —dijo Mark sin intención de hacerlo.

—Yo, también —contestó Dirk igual de poco motivado.

Mark quería tener la oportunidad de saber dónde iban Alyssa y él y si podía haber algo nuevo entre ellos.

—Bien, te enseñaré a ser un vaquero de verdad a cambio de que tú me ayudes a...

—¿Seducir a tu mejor amiga?

—No es eso.

—Claro que sí —dijo Dirk tendiéndole la mano.

Mark lo miró y se la estrechó. El tipo era mejor de lo que parecía.

—Te voy a contar lo que vamos a hacer... —dijo Dirk en tono de conspiración.

Aquella noche, Mark entró en la cocina como un general tomando el campo de batalla.

«Este hombre no sabe lo que son los matices», pensó Dirk al verle la cara de perro bulldog.

—No se habla de otra cosa en la ciudad —dijo Cecelia—. De que Alyssa salió a cenar con un actor de cine.

—Fue una cena estupenda —apuntó Dirk dándose cuenta de que Alyssa miraba a Mark por el rabillo del ojo.

—La señora Meyers se ha enterado de que estás aquí y es tu admiradora número uno —le advirtió Ethan. Dirk se estremeció—. Me parece que quiere que formes parte del jurado de productos horneados en el rodeo.

«Guy me mata», pensó.

—No puedo —dijo sirviéndose un trozo de lasaña—. Estoy a régimen.

—Claro que puedes —dijo Mac dándole una palmada en la espalda—. Es un gran honor que te lo propongan.

—Pues hazlo tú.

—Yo ya lo he hecho durante quince años —contestó Mac no muy emocionado.

Dirk se encogió de hombros y se sirvió ensalada. Estaba dispuesto a hacer todo lo que aquella gente le dijera. Así lo había establecido con Guy, con Mark y con el diablo. Estaba dispuesto a hacer lo que hiciera falta para ganar el Oscar y si eso quería decir comer tartas y brownies, perfecto.

—Alyssa, me gustaría que les echaras un vistazo a los cachorros de Queenie —dijo Mark como si tal cosa.

—¿De verdad? —dijo Billy—. Yo los he visto antes y estaban muy bien.

Mark miró a su hermano y le guiñó el ojo.

—Ethan, ¿a ti qué te parece? —insistió Billy haciendo caso omiso de la advertencia de su hermano.

«Esta familia es de película», pensó Dirk.

—A mí me parecen que están perfectamente —contestó el hermano mayor—. Duerme tranquila, Alyssa.

—¡No! —exclamó Mark haciendo toser a Dirk para que se calmara—. Necesito que vengas a verlos, de verdad —insistió.

—Muy bien —sonrió ella.

Dirk que, había estado observándola mientras los hermanos discutían, se dio cuenta de que no lo decía sinceramente.

«Productos horneados, rodeos, amores imposibles... Un buen guión», pensó concentrándose en la cena.

Capítulo Nueve

A la mañana siguiente, mucho antes de la hora a la que Alyssa solía ir al establo, Dirk y Mark ya estaban en pie.

—¡Esto es una pérdida de tiempo! —se quejó Mark.

—Eres un animal y no entiendes nada de amor, pero confía en mí —contestó Dirk encendiendo la última vela.

Había colocado velitas a lo largo de todo el camino y, junto a cada una, había un caramelo de limón.

Mark admiró la obra de Dirk y tuvo que admitir que quedaba muy bien. Rezó para que a Alyssa también le gustara.

—Recuerda que no debes hablarle demasiado o lo estropearás todo.

—Sí, sí, ya sé que debo «interesarle».

—Exactamente. El primer paso en la seducción es dejar a la otra persona con las ganas.

—Sí, sí, venga, vete antes de que venga.

Dirk miró a Mark, le estrechó la mano y le deseó suerte con solemnidad.

Si no hubiera sido por los perros, Alyssa no habría ido al establo, pero, además, tenía que preparar el desayuno y seguir fingiendo que estaba fenomenal.

Durante todos aquellos años, había creído que esconder lo que sentía por él era lo peor y más doloroso que le podía pasar, pero se había equivocado.

Aquello era mucho peor.

Se levantó, se vistió y abrió la puerta. Era todavía de noche, pero había velas alumbrando el pasillo y las escaleras. Miró estupefacta y vio que también había caramelos de limón, de los que Mark le solía dar cuando... eran amigos.

Sorprendida y encantada, salió de su habitación y siguió las velas, que bajaban los escalones del porche y cruzaban la pradera hasta el establo.

«Mark», pensó temblando de emoción.

Llegó al establo con los bolsillos llenos de caramelos y buscó a Mark, pero no lo encontró. Se alegró, porque estaba realmente emocionada y no quería que la viera así.

Vio que le había dejado también una linterna junto a Queenie. Se dedicó a los cachorros. Todos estaban bien excepto uno, que no comía suficiente porque llegaba tarde y sus hermanos se lo habían comido todo.

Lo tomó en brazos y se giró con intención

de ir a preparar el desayuno. Al hacerlo, se encontró con Mark y se le cayó la linterna del susto.

—¡Me has asustado! —exclamó.

—No ha sido mi intención —contestó él.

—No sabía que estuvieras ahí.

—Pues estoy.

—¿Has sido tú el de… las velas?

—Sí —contestó con aplomo.

—¿Por qué lo has hecho?

—Para que no te perdieras —contestó Mark recogiendo la linterna y entregándosela.

La miró, se giró y se fue.

—¡Excelente! —dijo Dirk cuando Mark le contó lo ocurrido—. Ya la tienes en el bote.

—No lo sé, pero, por lo menos, ha ido.

—¿Cómo estaba?

—Nerviosa —contestó Mark sonriente—. Sorprendida.

—¡En el bote!

—¿Y ahora?

—El segundo paso es atraerla —contestó Dirk.

—¿Cómo?

—No tan rápido. Me debes una lección de vaquero —le recordó Dirk.

—Tienes razón. Vamos a por tu caballo

—dijo Mark dándole una palmadita en la espalda.

—Estupendo —dijo Dirk encantado.

Alyssa estaba intentando enseñar a beber leche al cachorro cuando Missy entró en la cocina.

—¿Sabes por qué mi hijo ha intentado incendiar el establo con tanta vela? ¿Es que ahora aterrizan aviones en el jardín?

—Pregúntaselo a él —contestó Alyssa.

Ella también quería saberlo. Estaba claro que Mark había requerido la ayuda de Dirk, pero ¿para qué?

Tras mucho pensar, se le ocurrieron dos cosas y las dos horribles.

La primera, que fuera su forma de pedirle perdón por lo sucedido. Muy propio de él, persona a la que no gustaba hacer daño a los demás.

La segunda, que quisiera acostarse con ella.

Sí, unos meses liados y, luego, tan amigos como siempre. Para él, tal vez, pero ella sabía que no podría vivir así.

La única solución era hablarle lo mínimo, intentar no pensar en él e irse de allí cuanto antes.

—¿No sabe? —le preguntó Missy viendo

que el cachorro no quería beber la leche del plato.

—No —contestó Alyssa—. ¿Sabes dónde está el biberón?

—Pregúntale a Mark. Lo utilizo con la cabritilla del año pasado.

Alyssa asintió y se puso a fregar los platos del desayuno sin mirar a Missy.

—Cariño, creo que hemos tenido mucha paciencia con la locura que se ha apoderado de esta casa últimamente, pero necesito unas cuantas respuestas. Primera: si estás enamorada de Mark, ¿por qué te vas?

—Porque él no está enamorado de mí —contestó Alyssa.

—¿Y Dirk?

—¿Qué pasa con Dirk? —dijo Alyssa sorprendida.

—Bueno, ¿no crees que debería saber lo de Mark? Te sigue como un perrito, deberías dejarle claros tus sentimientos.

Alyssa se dio cuenta de que no se había parado a pensar en los sentimientos de Dirk. Sí, Missy tenía razón.

—Es cierto.

—Mira, cariño —dijo acercándose a ella y pasándole el brazo por los hombros. Alyssa se giró y la abrazó—. Tarde o temprano, tenía que pasar algo entre vosotros. Tú llevas mucho tiempo enamorada de él y mi hijo, aunque es lento, no es tonto.

—Sí lo es —dijo Alyssa en actitud infantil—. ¿Te acuerdas de que cuando era pequeña me solías decir que lo que pasaba en mi familia no era culpa mía?

Missy asintió.

—¿Recuerdas la noche en la que mi padre me cerró la casa con llave para que no entrara?

Missy volvió a asentir.

Había sido poco antes de que comenzara a dormir en el Morning Glory. Alyssa tenía doce años y Mark, unos quince. Hasta entonces, la acompañaba todas las noches a casa, caminaban juntos hablando de los animales, de las estrellas o de cualquier otra cosa. Mark nunca la había tratado como a una hermana pequeña, seguramente porque parecía mayor que las chicas de su edad y siempre habían hablado de igual a igual.

Mark solía esperar a que entrara en casa para irse, pero aquella noche se encontraron la puerta cerrada. Alyssa llamó al timbre, dio patadas a la puerta y gritó, pero nadie le abrió.

Mark la había consolado y se la había llevado a casa.

Missy y Mac, que estaban tomando una taza de café en la mesa de la cocina, la habían recibido con los brazos abiertos.

—Aquí te queremos —le había dicho Missy abrazándola con fuerza—. Mereces que te quieran y nosotros te queremos.

Ahora, estaban en la misma cocina y abrazadas, también.

—Merezco que me quieran —dijo Alyssa.

—Sí, claro que sí —dijo Missy.

Varias horas después, Alyssa fue a buscar a Dirk al establo.

—Hola —lo saludó.

—Hola, Lis —dijo él cepillando a un caballo.

—Eh, Dirk, mira…

No sabía cómo dejar a un actor, pero, tras hablar con Missy, le había quedado muy claro qué era lo que tenía que hacer.

Tenía que dejar a Dirk Mason.

—Dime. ¿Te pasa algo, preciosa?

—Que esto no va a salir bien —se apresuró a contestar—. Lo siento mucho.

—¿A qué te refieres?

Alyssa maldijo.

—Esto… que hay entre… tú y yo no va a salir bien.

Para su sorpresa, Dirk echó la cabeza hacia atrás y emitió una sonora carcajada.

—No sé qué tiene de gracioso —dijo Alyssa.

No estaba molesta en absoluto, pero le daba la impresión de que allí pasaba algo que ella ignoraba.

—Alyssa, soy gay —contestó en voz baja acercándose a ella.

—¿Gay?

—Sí, gay. Por aquí, todavía matáis a la gente por ello, ¿no?

—¿Eres gay? —insistió Alyssa en voz baja.

—Como un pájaro.

—¿Guy? —le preguntó al sumar dos y dos.

—Llevamos juntos diez años —confesó Dirk.

Alyssa tuvo la impresión de que, por primera vez, estaba viendo al Dirk Mason de verdad.

—Me guardarás el secreto, ¿verdad?

—Claro, pero ¿qué habría pasado si hubiera estado enamorada de ti? ¿Estabas jugando conmigo...?

—Preciosa, en cuanto puse un pie aquí, me di cuenta de lo que sientes por Mark —la interrumpió Dirk.

Alyssa negó con la cabeza, pero él insistió.

—No creo que puedas enamorarte de otro hombre en la vida —sentenció.

—Te equivocas... Te propongo un trato. Yo te guardo el secreto y tú sigues fingiendo que estamos juntos, ¿de acuerdo?

—Muy bien —contestó Dirk—. Ojalá estuviera aquí Guy para ver todo esto. Yo continuaré siendo el actor más encantador del mundo, tú continuarás adulándome y Mark continuará volviéndose loco —concluyó apagando la luz y acompañándola fuera.

—No te he estado adulando —protestó Alyssa.

—Claro que sí. ¿Cómo llamas a hacerme tofu en mitad de Montana? Eres la reina de la adulación —rio.

—Mira que tú —rio Alyssa dándole un codazo—. No me han besado la mano tantas veces en mi vida.

Llegaron a la casa riendo y cuchicheando y Mark, que los vio de lejos, efectivamente creyó que se estaba volviendo loco.

Capítulo Diez

DIRK, esto no va a funcionar —dijo Mark mientras Dirk cojeaba con una bolsa de hielo en el trasero.

—Mark, no estoy de humor para discutir —le advirtió Dirk, que estaba destrozado tras la lección de caballo.

—No hace falta cortar leña —protestó Mark—. Todo el mundo de va a dar cuenta de que lo teníamos planeado.

—¡Me da igual! —exclamó Dirk.

—¿No me habías dicho que no te ibas a volver a acercar a ella? —le espetó molesto.

—¿Cómo?

—Anoche os los pasasteis muy bien, ¿eh? Me parece que no es muy buena idea que me ayudes. Me traes más problemas que alegrías —dijo cruzándose de brazos y mirando a Dirk.

—Ya, claro, ¿y a quién se le ocurrió lo de las velas?

—Eh…

—Mark, los dos sabemos que, como tengas que apañártelas tú solo, vas listo.

—Ya que eres tan listo, ¿cómo voy a atraerla cuando todos estén riéndose de mí?

—Mark, no me cabe la menor duda de que eres un gran vaquero, pero yo soy un gran ídolo y, gracias a ello, sé que hay dos cosas esenciales para atraer a la gente: sorpresa y luz. Tienes las dos en el jardín.

Era por la tarde, hacía sol y Dirk había decidido que, imitando el papel que él interpretaba en *Hideaway* y que lo había llevado a la fama, Mark tenía que ponerse a cortar leña con aquella luz porque era perfecta.

—Muy bien... —dijo mirando hacia la ventana de la cocina para asegurarse de que Alyssa estaba fregando los platos—. Quítate la camisa.

—No —dijo Mark—. Estoy dispuesto a cortar leña, pero no medio desnudo.

Dirk lo miró, se encogió de hombros y se alejó.

Contento por la victoria, Mark miró a su alrededor rezando para que Ethan y Billy no estuvieran por allí.

Agarró un tronco, lo puso en posición, se sacó los guantes del bolsillo y... se dio cuenta de que Dirk no había dicho que no se fuera a volver a acercar a ella.

Dejó caer el hacha y el tronco se partió por la mitad.

Puso otro mientras pensaba que no iba a competir con un actor por el cariño de Alyssa y decidió hacerle prometer, en cuanto terminara aquello, que dejaría de estar con ella a todas horas.

Al cabo de un rato, ya había tomado buen ritmo. Siempre le había gustado cortar leña. De repente, oyó pasos.

«Dios mío, mis hermanos, no, por favor», rogó.

—Hola, Mark —dijo Billy—. ¿Qué haces?

Mark cerró los ojos y maldijo. No contestó con la esperanza de que se fueran, pero ya oía sus risas.

—Debe de estar enfermo —le dijo Ethan a Billy.

—De la cabeza —murmuró Billy—. Mark, ¿qué haces? —insistió.

—¿A ti qué te parece? —contestó entre dientes.

—A mí me parece que estás cortando leña, pero hay algo un poco raro en todo esto, ¿verdad Eth?

—Sí, lo cierto es que a mí también me lo parece porque, ¿sabes?, hay leña para aburrir en la leñera.

—Sí, y además solemos cortar la leña en el jardín de atrás, ¿verdad?

—Sí, creo que sí.

—¿Ves, Mark? Por eso, esta situación nos parece un poco rara.

—¿Os importaría iros? —les pidió girándose.

Alyssa estaba mirando por la ventana y la luz era perfecta. Aquello de la luz era muy importante.

—No —contestó Billy—. Te estás comportando de forma extraña y nos vamos a quedar a vigilarte por si acaso.

—No vaya a ser que se te ocurra traerte a las vacas aquí o algo por el estilo —apuntó Ethan.

Mark les dio la espalda decidido a ignorarlos.

—¿Dónde estará Alyssa? —preguntó Billy haciéndose el inocente.

—Aquí —contestó ella desde el porche—. ¿Qué pasa?

Mark la miró y se quedó sin respiración. Estaba más guapa que nunca. ¿Sería por la luz?

—No lo sé —contestó Billy—. Pregúntaselo a Mark.

—¡Estoy cortando leña! —contestó él.

—Pero ya hay, ¿no? —dijo Alyssa.

—Así es —dijo Ethan—. Por eso, nos estábamos preguntando ¿qué hace Mark cortando leña?

—Yo tengo cosas mejores que hacer, así que vais a tener que averiguarlo vosotros solitos —contestó Alyssa metiéndose en casa.

Mark levantó el hacha para seguir cortando leña y sintió algo húmedo y resbaladizo en la espalda.

Se giró y se encontró con Dirk con los guantes puestos y armado con estiércol.

—¡Quítate la camisa!

—¿Estás loco?

Dirk le tiró otro montón de estiércol, que le dio en todo el pecho.

—¡Te he obedecido durante una semana entera, así que coopera! ¡Quítate la camisa!

—No pienso hacerlo —gritó Mark.

Dirk volvió a disparar.

Ethan y Billy no podían parar de reír. Mark no cedía y Dirk se estaba enfadando por momentos.

—¿Qué pasa aquí? —dijo Missy—. ¡Mark! ¿Qué le ha pasado a tu camisa?

—Que Dirk le ha tirado estiércol —se chivó Ethan llorando de la risa.

—Estupendo. Mi hijo y un actor tirándose estiércol en el jardín. ¿Qué tal si metemos a las vacas en la cocina? —dijo Missy acercándose a Mark—. ¡Quítate la camisa, que la tienes hecha un asco!

—Pero mamá… —dijo sorprendido.

Sus hermanos y él siempre habían estado en contacto con el estiércol, hechos un asco, y nunca les había hecho quitarse la camisa.

—¡Mark!

Mark obedeció ante la sonrisa triunfal de Dirk.

—¡Y tú! —gritó Missy volviéndose hacia él y borrándole la sonrisa del susto—. ¿Es esto lo que te enseñan en Hollywood, a tirar estiércol?

—No —contestó Dirk con la cabeza baja.

Missy le guiñó un ojo y Mark se dio cuenta de que estaban compinchados y acababan de lograr que se quitara la camisa.

Justo cuando Alyssa bajaba las escaleras del porche.

Alyssa los miró con naturalidad, pero al ver a Mark sin camisa se le heló la sonrisa.

Aunque Ethan y Billy se la quitaban a la mínima oportunidad, Mark no lo hacía jamás. Alyssa podía afirmar sin miedo a equivocarse que no lo había vuelto a ver a pecho descubierto desde que tenía doce años.

¡Menuda diferencia!

Era todo fibra y músculo, sin un solo pelo que distrajera de semejante visión. Para colmo, la luz que había a aquella hora hacía que pareciese un dios de oro.

¡Y ella perdiendo el tiempo pensando en el cuerpo de Dirk Mason teniendo aquello delante de las narices!

—¿Y tu camisa? —le preguntó en un hilo de voz.

Mark no contestó y, como no quería que

se diera cuenta del efecto que había producido en ella verlo así, levantó el mentón y se dirigió a Dirk.

—¿Quieres dar un paseo? —le preguntó.

—Claro, voy a cambiarme —contestó él.

—Nos vemos en la cocina en diez minutos —dijo Alyssa volviendo a entrar en la casa.

Mark giró sobre los talones y se encaminó al establo. Sus hermanos lo siguieron a una distancia prudente y Dirk y Missy se quedaron en el jardín.

—No me gustan tus métodos, pero tenías razón con lo de la luz —dijo la madre de Mark.

Dirk se quedó con la boca abierta.

—Ven, que te voy a enseñar cómo se pone la lavadora —dijo Missy entregándole la camisa de su hijo.

En cuanto Dirk puso un pie en la cocina, Alyssa fue a por él.

—¡Cretino! —le gritó lanzándole una galleta.

—¿Qué pasa? —dijo él poniendo los brazos en cruz para protegerse de la lluvia de galletas.

—¡Has estado jugando a dos bandas! —lo acusó dándole con el trapo.

—No sé de qué me hablas —dijo Dirk

recibiendo el golpe en la cabeza.

Alyssa miró a su alrededor para ver qué más le podía tirar.

—¡Se suponía que me tenías que ayudar a mí, no a él!

—Preciosa... —dijo acercándose.

—¿Te crees que puedes engañarme y hacerme creer que lo de las velas y lo de la leña ha sido idea de Mark? —contestó Alyssa levantando una espátula.

Se estaba enfadando de verdad porque se había dado cuenta de que no iba a poder con aquel equipo compuesto por el hombre al que siempre había querido y el ídolo de Hollywood que tenía ante sí.

«No soy de piedra», pensó.

—¡No me estás ayudando, me estás entregando! —le reprochó.

—Estoy ayudando. Lo que pasa es que me parece que no sabes a qué necesitas que te ayude.

—¡Claro que lo sé! —exclamó Alyssa—. Quiero que me ayudaras a mantener a Mark lejos de mí.

—¿Hay algo en el aire de por aquí que os vuelve ciegos? ¿El agua que bebéis os convierte en idiotas o qué?

—¿A quién llamas idiota?

—A Mark y a ti, a los dos —contestó Dirk— Sois las dos personas más idiotas que conozco —añadió quitándole la espátula—. Me rindo.

—¿Qué?

No podía ser. Habían hecho un trato. Lo necesitaba. No se podía rendir.

—Se acabó. Vas a tener que mantenerlo lejos tú solita. Estoy harto de los dos. He venido a aprender a ser un vaquero y a prepararme para el rodeo, no a hacer de celestina.

—Pero, Dirk... —se quejó Alyssa sintiéndose débil.

¿Cómo iba a mantener a Mark lejos sin su ayuda?

—Lo siento, preciosa —dijo Dirk dándole un beso en la frente y yéndose al establo.

Alyssa se apoyó en el fregadero y se dio cuenta de que la acababan de dejar tirada.

Justo cuando más lo necesitaba. Cada vez se encontraba más débil y temía ceder ante las miradas provocativas de Mark. No debería recordar el episodio de la otra noche, pero no podía evitarlo.

Lo echaba tanto de menos que le dolía el alma. Sin él, se sentía perdida e incompleta. Ojalá hubiera podido dar marcha atrás, deshacer el lío en el que se habían metido y volver a ser simplemente amigos. Aunque hubiera tenido que seguir amándolo en secreto toda la vida.

Qué fácil sería ceder a la tentación de

acostarse con él, pero no podía permitírselo porque Mark no buscaba lo mismo que ella y ella no tenía valor para recoger los pedazos rotos de su corazón y hacer como si no hubiera pasado nada.

Capítulo Once

DOS días después, Alyssa estaba viendo por la ventana de la cocina cómo Dirk se despedía de Ruth Meyers, su admiradora número uno.

Era la quinta vez que iba en dos días y el pobre cada vez se había visto más involucrado en el rodeo.

Ya había accedido a presidir el desfile, a ser juez del ganado y a firmar autógrafos tras el espectáculo. No había querido formar parte del equipo de hombres que se iban a dejar besar por un dólar, pero había dicho que sí a pasarse por la fiesta de cumpleaños del nieto de Ruth.

Mientras la veía irse, Alyssa se preguntó para qué lo habría convencido aquella vez.

Faltaban dos días para el rodeo y estaba muy ocupada organizándolo todo para la venta de productos horneados.

—¿Qué haces, Lis? —le preguntó Cecelia entrando en la cocina.

—Preparar comida —contestó Alyssa.

—¿No tenías una entrevista? Creía que no ibas a poder ir al rodeo.

—La tengo, pero Missy me ha convencido

para que les eche una mano, pero quien elija mi comida va a comer solo.

—Menuda costumbre bárbara, ¿verdad? —dijo Cecelia comiéndose una de sus galletas.

—Dímelo a mí. Tú, como estás casada, te libras.

—Al menos, no tendrás que comer con el chico de los Groames —rio Cecelia.

Aquello había dado para muchas risas en la familia Cook.

Tras celebrar sus productos, el hijo mayor de los Groames había intentado besarla con la boca llena de sándwich de jamón. Tenía diecinueve años y las hormonas lo habían vuelto loco.

—Si estuvieras casada, no tendrías que pasar por esto —apuntó Cecelia apoyándose en la encimera y mirándola de frente.

—Me parece una medida un poco drástica, ¿no? —rio Alyssa.

—No sé —dijo Cecelia encogiéndose de hombros—. Tienes a dos hombres en las inmediaciones peleándose por ti.

Alyssa la miró sorprendida.

—¿Te creías que no nos habíamos dado cuenta?

—No sabía que fuera tan obvio —contestó Alyssa concentrándose en las galletas.

—Mark actúa como si estuviera poseído.

Ha sido él el que te ha traído flores esta mañana, ¿verdad?

Alyssa miró el ramo de florecillas silvestres que, efectivamente, Mark le había llevado aquella mañana, y sintió ganas de llorar.

—¿Qué vas a hacer? —dijo Cecelia.

—¿Con Mark? Nada —contestó con firmeza—. Me voy a ir.

—¿De verdad?

—De verdad. Siempre lo he dicho —dijo Alyssa aplicando mantequilla sobre las galletas con violencia.

—Pero si llevas toda la vida enamorada de él —comentó Cecelia—. Es un hombre, Alyssa. Le tienes que dar tiempo —le aconsejó.

—No tengo tiempo, Cecelia, y no podría soportar una relación casual. Me mataría.

¿Si no la quería después de conocerse desde hacía veinte años por qué se iba a enamorar de ella de repente?

—Me gustaría poder decirte algo que te animara.

—Lo único que me anima es que el sábado tengo esa entrevista y que me voy a ir —dijo Alyssa con cabezonería.

Al cabo de un rato, al ver que no quería hablar más del tema, Cecelia se fue de la cocina.

Al día siguiente, Dirk se dio un golpe en la cabeza y Mark tuvo que ir a la cocina a buscar agua oxigenada.

Allí, se encontró con Alyssa, que estaba metiendo comida en grandes tarteras. La había visto hacerlo otras veces. Solo podía querer decir una cosa.

—¿Vas a ir a ver a tus padres? —le preguntó.

Alyssa dio un respingo.

—Sí, vaya, qué susto me has dado.

—¿No me lo ibas a decir? —le reprochó dolido.

—No, estás muy ocupado con Dirk, ¿no?

—No sé cómo has podido pensar eso —contestó—. Te llevaré después de cenar.

—No... —se interrumpió al ver sus ojos azules sobre ella.

—Sabes que no me gusta nada que vayas sola —le recordó.

A pesar de todo lo que estaba pasando entre ellos, Mark quería que recordara quién era él en su vida.

—Sí, lo sé —contestó Alyssa—. Después de cenar, entonces.

Mark asintió y se quedó más aliviado.

—¿Qué hay que hacer por aquí para que a uno le den una tirita? —gritó Dirk por la ventana—. ¡Me estoy desangrando! —añadió con un reguerillo de sangre en la frente.

—¡Ya voy! —contestó Mark, y salió corriendo con Alyssa detrás.

—¿Por qué te llevas Goo Goo Clusters para pasar una noche a la luz de la luna? —le preguntó Dirk a Mark mientras cargaban la camioneta.

Mark estaba decidido a jugársela aquella noche porque tenía la sensación de que podía ser la última oportunidad con Alyssa.

—Porque a Alyssa le encantan. Las Goo Goo Clusters son un valor seguro —contestó intentando convencerse.

—Menos mal que no te has olvidado del vino —apuntó Dirk.

—A mí me sigue pareciendo fuera de lugar —contestó Mark metiendo la botella de caldo blanco al fondo del maletero.

—Pero no falla —le aseguró Dirk—. Vino y seducción siempre van unidos.

A Mark no le acabaron de gustar aquellas palabras. Era como si solo quisiera pasar una noche de diversión con Alyssa, como si fuera una chica cualquiera.

En aquellos días, se había dado cuenta de que lo importante no era tanto acostarse con ella como que la iba a echar de menos.

Ya la echaba de menos.

—Mark, ¿por qué no le dices lo que sientes por ella? —le propuso Dirk poniéndole la mano en el hombro y mirándolo con compasión.

En ese momento, apareció Alyssa y Dirk se evaporó.

—¿Listo, Mark? —preguntó.

—Listo —contestó él.

Alyssa intentaba no mirar a Mark por el rabillo del ojo. Intentó hacer como que no estaba con él, pero era imposible. La tensión y el silencio entre ellos era horrible.

Mark siempre la llevaba a casa de sus padres cuando iba a verlos, pero jamás entraba porque ella no quería.

«Me basta con saber que está fuera esperándome», pensó.

—Bonito atardecer —comentó Mark mirando el cielo naranja y violeta.

—Sí —contestó Alyssa cerrando los ojos ante el placer de oír su voz.

Mark la había llevado en incontables ocasiones a ver si los animales de su padre estaban bien y a comprobar que su madre se tomara sus medicinas.

Luego, siempre la llevaba a lo alto de la montaña y la dejaba hablar sin parar para desahogarse o callar.

Lo que necesitara.

Alyssa había creído que, a pesar de todo, aquella noche su presencia sería reconfortante, pero no estaba siendo así. La estaba matando por dentro. Su presencia la debilitaba y lo último que necesitaba cuando iba a ver a sus padres era estar débil.

Mark paró el coche frente a la humilde casa de sus padres y Alyssa abrió la puerta del coche. Antes de salir con las bolsas de comida y medicinas, Mark le apretó la mano.

Alyssa no quiso mirarlo a los ojos porque sabía que iba a ver comprensión y amistad en sus ojos, pero, al final, no pudo evitarlo y miró.

Lo que vio la dejó sin respiración.

—Estaré aquí fuera —le aseguró Mark.

Alyssa asintió incapaz de hablar, bajó del coche y entró en casa de sus padres.

—¿Alyssa? ¿Eres tú? —dijo su madre desde la cocina.

Alyssa fue hacia allí maravillada. La casa estaba limpia. Inmaculada. Qué raro.

«Ha pasado algo», pensó.

Aceleró el paso y se encontró a su madre, Liza, fregando los platos. Tenía las mismas ojeras que siempre, pero estaba de pie y haciendo cosas.

—Hola, cariño —la saludó—. No sé dónde está tu padre.

—No pasa nada, mamá —contestó Alyssa dándole un beso en la mejilla, que parecía de papel de fumar—. ¿Cómo te encuentras?

—Fenomenal —sonrió Liza—. Me encuentro mucho mejor.

—¿De verdad? —preguntó sorprendida.

—De verdad. Es la nueva medicación. No me deja tan cansada como la otra.

—¿Has comido? —le preguntó Alyssa sacando la comida que le había llevado.

Pollo frito, galletas y pan. Miró a su alrededor y vio que sí habían comido, así que lo metió en la nevera.

Las cosas habían cambiado y Alyssa se estaba poniendo nerviosa.

—¿Qué pasa, mamá? —preguntó secando los platos.

—Nada. Simplemente, que me han cambiado la medicación para la tensión arterial y se me ha abierto el mundo —contestó Liza—. ¿Y tú qué tal? —le dijo dándole un toquecito con la cadera.

Alyssa miró a su madre anonadada. ¿No se habría equivocado de casa?

—Nada.

—No es eso lo que me han contado —bromeó Liza.

—¿Y qué te han contado? —sonrió Alyssa.

—Que sales con un actor. ¿Pero no te gustaba Mark Cook?

—¿Dónde está mi madre? ¿Qué ha hecho usted con Liza Halloway?

—Hola, Alyssa —dijo su padre entrando por la puerta de atrás.

—Hola, papá —lo saludó ella con cautela.

Su padre fue hacia el fregadero para lavarse las manos y Alyssa se apartó inmediatamente, pero no así su madre, que le sonrió y le puso una mano en el hombro antes de hacerlo.

Su padre la miró y sonrió débilmente.

«¿Qué está pasando aquí?», se preguntó Alyssa.

Miró a su padre y se dio cuenta de lo poca cosa que era. De hecho, era más bajo de estatura que ella.

—¿Qué tal las terneras? —le preguntó.

—Sanas —contestó su padre secándose las manos.

—¿Y los caballos?

—La yegua tiene una pata mal.

—Iré a verla —dijo saliendo de la casa encantada.

Encantada de alejarse de su nueva madre y de sus viejos recuerdos. Se preguntó si su padre iría tras ella y qué haría si lo hiciese. Sabía que le costaba pedir ayuda porque era un hombre muy orgulloso, pero no tenía mucho dinero y su hija era veterinaria.

«Tiene mucho orgullo», pensó Alyssa.

Mientras iba hacia el establo, se dio cuenta de que se parecía a su padre más de lo que creía.

«Asustada y orgullosa como él», recapacitó.

Iba tan absorta en sus cavilaciones que, al principio, no se dio cuenta de los cambios. El edificio estaba recién pintado y el jardín, limpio. Incluso con plantas. Había un tractor nuevo y los tres caballos de sus padre estaban comiendo heno fresco.

La casa de sus padres estaba mejor que nunca.

—Veo que sigues viniendo con tu ángel de la guarda —dijo su padre señalando a Mark.

—Me ha traído, sí —contestó Alyssa.

Aunque su padre no le gritaba ni le pegaba desde que tenía diez años, el instinto de apartarse de él seguía presente en ella.

—Su familia se ha portado siempre muy bien contigo —añadió su progenitor andando hacia el establo.

Una vez allí, le señaló a la yegua herida y se retiró.

Alyssa estuvo una hora con el animal, tan concentrada que se olvidó de su padre y, cuando se giró para salir, se chocó con él.

—Papá, me has asustado —dijo tensa.

—Siempre fuiste asustadiza —contestó él mirándola a los ojos.

Salieron del establo y, de camino a la casa, Alyssa le preguntó por todos los cambios que se había operado.

—Así, tu madre se encuentra mejor —farfulló su padre.

—Papá, ¿qué pasa? —le preguntó por fin sin rodeos.

—¿Por qué lo dices?

—¿Por qué lo digo? Porque hay flores en el jardín —contestó Alyssa como si aquello resumiera todo lo demás.

Su padre gruñó algo y se encogió de hombros. Alyssa se dio cuenta de que no iba a decir nada más, así que lo siguió hasta la casa.

—Tiene que reposar dos semanas —dijo refiriéndose a la yegua— y le tienes que poner esta pomada cinco veces al día y... ¿Papá?

Su padre andaba tan rápido que ella iba casi corriendo detrás.

—¿Qué?

—¿Me estás escuchando? ¡Escúchame porque, si no lo haces, esa yegua podría morir!

—Sí, sí, sé ocuparme de mis animales perfectamente.

—¿Ah, sí? ¿Igual de bien que como te ocupas de mamá?

Su padre se paró en seco, se giró y fue hacia ella.

Alyssa tragó saliva, pero miró hacia donde estaba Mark. Solo eran unos metros. Si ocurriera algo, estaría a su lado en unos segundos.

—No te preocupes por tu madre —le dijo.

—Está enferma. No puedes fingir que no...

—¿Te crees que no me doy cuenta? Tal vez sea demasiado tarde para ser un buen padre y lo siento, pero creo que todavía puedo intentar ser un buen marido.

—¿Cómo? —dijo Alyssa anonadada.

—Gracias por venir —contestó su padre—. Para tu madre es muy importante que vengas. Y para mí, también.

—Vengo encantada —murmuró Alyssa.

Wes alargó la mano y Alyssa no pudo por menos que estremecerse. Cuando la posó sobre su hombro con cariño, no supo qué decir, así que no dijo nada.

Su padre pasó a su lado y se dirigió de vuelta al establo, dejándola a solas con su sorpresa.

Al ver a Alyssa saliendo de la casa, Mark dobló el periódico y lo dejó bajo el asiento. En cuanto se subió se fueron, ya que Mark sabía que Alyssa solía querer alejarse de aquella casa cuanto antes.

—¿Qué tal?

—Hay flores en el jardín —contestó Alyssa como hipnotizada—. Mi padre... ha plantado flores para mi madre —añadió sacudiendo la cabeza como si no se lo pudiera creer.

Miró a Mark y sonrió. Él sonrió también. Se alegraba sinceramente por ella.

—Qué bien, ¿no? —dijo agarrándola de la mano.

Alyssa se rio nerviosa.

—No me quiero hacer demasiadas ilusiones. Ya sabes cómo es mi padre —dijo.

Mark se dio cuenta de que intentaba ir con pies de plomo, pero estaba encantada con lo que había visto.

—¿Recuerdas que la última vez que vine dije que no iba a volver?

—Sí —contestó Mark preguntándose si se habría dado cuenta de que seguían agarrados de la mano.

—Me pregunto por qué no puedo hacerlo. Todos los años, millones de personas se van de casa o de la ciudad en la que viven sus padres, pierden el contacto directo con ellos... Supongo que es solo para demostrar algo —dijo mirando por la ventana.

—¿Qué?

Alyssa no contestó inmediatamente. Miró sus manos unidos y, luego, a él a los ojos.

—Que hay cosas más importantes que el orgullo —contestó Alyssa apretándole la mano.

Mark no era tonto. Sabía lo que los ojos de Alyssa habían querido decir. Había visto en ellos la invitación.

—¿Quieres ir al mirador? —propuso emocionado.

—Sí —contestó Alyssa.

Mark tomó el empinado camino y aparcó la camioneta. Estaba tan emocionado por lo que iba a pasar que no podía decir nada.

Le soltó la mano y sacó del asiento de atrás la manta, su navaja y las Goo Goo Clusters. La botella de vino, no.

No le pareció adecuado. Aunque Dirk tuviera cinco hermanas y fuera uno de los hombres más guapos del mundo, Mark conocía a Alyssa y sabía que se merecía algo mejor.

—Vamos —le dijo saliendo del vehículo.

Una vez fuera, buscó un claro para extender la manta y un gran palo para afilar.

Alyssa alargó la mano para agarrar su cazadora y se encontró con una nevera. La abrió con curiosidad.

Vino.

«Perfecto», pensó.

El orgullo había despojado la vida de su padre de prácticamente cualquier felicidad y ella no estaba dispuesta a que le pasara lo mismo. Tampoco iba a esperar toda la vida, como su madre, a que la amaran como se merecía.

Se iba a ir porque se tenía que ir, pero antes iba a aceptar lo que Mark le ofrecía dispuesta a guardarlo después en su corazón y a atesorarlo toda la vida.

Ver a su padre le había abierto los ojos. Estaba claro que tenía que dejar el orgullo de lado e ir a por lo que quería.

Y aquella noche quería a Mark.

Vino y sexo. Justo lo que necesitaba. Agarró la botella y salió.

—Se te ha olvidado esto.

—No se me ha olvidado —dijo Mark—. Es que, al final, no me ha parecido buena idea.

—¿Y yo qué? ¿No importa lo que a mí me parezca? Soy una adulta, Mark.

—Sí.

Alyssa se dio cuenta de que estaban los dos muy nerviosos y asustados.

«Me alegro de no ser la única», pensó.

—Si quiero beber, beberé —sentenció.

—Muy bien —contestó Mark levantando las manos en señal de rendición.

Alyssa se sentó y abrió la botella. Se sirvió una copa y le ofreció otra a Mark, que la aceptó.

Estiró las piernas, reclinó la cabeza y tomó aire. Durante unos minutos, bebieron en silencio. Al terminar la primera copa, Alyssa se rellenó la suya, pero Mark no quiso una segunda.

—¿Te importaría beber más despacio?

—Sí —contestó con cabezonería.

En realidad, no quería más vino, pero se lo bebió de un trago para demostrarle que ella hacía lo que le daba la gana.

—¿Qué tal el nuevo tratamiento de tu madre?

—Muy bien. Me ha dicho que no la deja atontada como el otro.

—¿Y qué te ha contado tu padre?

—No mucho... Es triste, ¿sabes? Verlos así. Quiero decir, ver cómo no se ocupan el uno del otro. Mi padre ha perdido mucho tiempo. Están casados. Se supone que deberían cuidarse y quererse —concluyó.

—Sí —contestó Mark en voz baja.

Sus miradas se encontraron y Alyssa se perdió en el azul de sus ojos por enésima vez en su vida.

Se le antojó que hacía calor y se preguntó si no sería el calor interno que ella sentía ante tanto deseo. Recordó las palabras de Mark la última vez que habían estado allí. No quería volver a oírlo decir que lo sentía, pero no podía parar. Tomó aire y se lanzó.

—Cuídame, Mark —le dijo—. Necesito que me cuides —añadió acariciándole la mejilla—. Quiero cuidar de ti.

Lentamente, dejó la copa de vino y recorrió a gatas la corta distancia que los separaba. Mark la observó con ojos ardientes y Alyssa rezó para que a Mark lo moviera a hacer aquello un poquito de amor.

Capítulo Doce

MARK no había oído nada tan fascinante en su vida. Le acarició la cara también con la misma ternura que ella a él.

Se besaron con entrega y sus cuerpos se fundieron. Se tumbaron, Mark encima de Alyssa, y estuvieron varios minutos solo conectados por los labios. De repente, Alyssa se incorporó y Mark temió que hubiera cambiado de opinión.

Sin embargo, tenía los ojos brillantes de deseo. Verla así hizo que se le acelerara el corazón. Saber que iban a hacer el amor lo volvía loco.

—Quítate la camisa —le pidió Alyssa apoyándose en los codos y pasándose la punta de la lengua por los labios.

—¿Cómo?

—La camisa, vaquero.

Mark dudó, pero decidió hacer lo que ella le pidiera para que resultara perfecto, así que comenzó a desabrocharse la camisa.

—Más despacio —sonrió Alyssa.

—¿Y esto a qué viene? —preguntó él mientras seguía desabrochándose los botones.

—Es para que sepas que a mí también me gusta mandar —contestó viendo caer la camisa al suelo.

Alyssa se incorporó, se acercó y lo agarró de los trabillas de los vaqueros.

—Los pantalones —susurró.

Sin dejar de mirarla a los ojos, Mark se desabrochó el cinturón y el botón y, tras una tortuosa pausa, se bajó la cremallera. En su cara vio lo mucho que lo deseaba y lo mucho que le gustaba lo que estaba haciendo para ella. Nunca había participado en nada tan erótico.

Se tocó el pecho y deslizó la mano hasta su cintura. Una vez allí, se la metió en los calzoncillos y calibró su erección.

Alyssa gimió de placer y cerró los ojos.

Mark se tumbó sobre ella, pero no la tocó para prolongar aquel momento de anticipación. Alyssa se arqueó contra él y Mark le lamió los labios.

—Quítate la camisa —le dijo con voz electrizada.

Alyssa se quitó el jersey y la camisa. Mark se inclinó sobre ella y le lamió los pezones por encima del sujetador de algodón.

—Mark... —jadeó Alyssa clavándole las uñas en los brazos.

—Quítate los pantalones.

Alyssa obedeció sintiendo que se abrasaba por dentro.

«Dios mío», pensó Mark al ver su cuerpo, fibroso y fuerte. Tantos años de trabajo en el rancho le habían hecho no tener un gramo de graso ni de celulitis, como otras mujeres.

—¿Mark?

—Qué guapa eres —dijo él acariciándola—. Tienes una piel tan suave... —añadió siguiendo con la punta de la lengua una vena que partía de su muñeca, subía por el interior de su brazo y llegaba hasta su pecho.

Luego, le tomó una mano y, sin dejar de mirarla a los ojos, la guió por su propio cuerpo. Al llegar a sus pezones, jugueteó con ellos entre los dientes arrancándole gritos de placer.

—Mark, por favor, ahora me toca a mí.

—No —contestó él.

Alyssa levantó una pierna con cuidado y lo empujó hacia atrás. Una vez lo tuvo debajo, sonrió satisfecha y Mark pensó que aquella habría sido la sonrisa de Eva al ofrecerle a Adán la manzana, porque era imposible negarla algo a una mujer que sonreía así.

«La seguiría a cualquier parte», pensó sintiendo una maravillosa sensación de plenitud. «Estoy enamorado de ella». No sintió miedo ni duda. Nunca había tenido nada tan claro. La quería.

«Es mía», pensó acariciándole la mejilla. «Es mía», mientras la besaba con ardor. «Es mía», mientras le acariciaba los pechos. «Es mía», mientras la sentaba a horcajadas sobre él. «Es mía», mientras le acariciaba la parte interna de los muslos. «Es mía», mientras sus dedos se adentraban en su cuerpo. «Mía».

—Más —suspiró Alyssa.

Mark se adentró todavía más en su cuerpo haciéndola estremecer.

—Más —insistió ella.

Con la misma ternura que lo había conducido durante todo el acto, Mark la vio llegar al clímax y volver de él.

«Mía».

La tumbó sobre la manta para que descansara mientras él le acariciaba la tripa.

—Eres la mujer más bonita que he visto en mi vida —le dijo sinceramente.

—Hazme el amor, Mark —le pidió Alyssa con el corazón latiéndole aceleradamente.

Alyssa le llenó la copa de vino y Mark le dio una Goo Goo Cluster.

Estaba tumbados en la manta y Alyssa le robó un traguito de vino de su copa, ya que la suya se había roto hacía horas.

Mientras ella bebía, Mark no paraba de darle besos por el cuello. No podía parar de tocarla. No se cansaba.

Sabía que hacer el amor con ella iba a ser

maravilloso, pero no había sospechado que se fuera a sentir tan completo y realizado.

A pesar de todo, sentía que Alyssa estaba preocupada. ¿Qué iba a ocurrir?

Si por él fuera, dejaría correr las cosas y ver dónde los llevaban, pero Alyssa se iba al día siguiente a Billings para la segunda entrevista en aquel hospital. Esperar a ver adónde los llevaban las cosas podía desembocar en Alyssa aceptando el trabajo y yéndose a vivir a la ciudad, a tres horas de él.

De repente, sintió pavor, pero decidió que no era nadie para pedirle que se quedara. «Además, si se quisiera quedar, lo haría, ¿no?», pensó. Alyssa siempre había dicho que su futuro estaba en Billings. ¿Cómo le iba a pedir que se quedara justo el día antes a que le dieran un trabajo? ¿Y qué podía ofrecerle? ¿El rancho? ¿Cómo le iba a pedir que se quedara en Lincoln cuando tenía una vida perfectamente planificada en Billings?

«Estoy loco y soy un egoísta», decidió.

La última vez que habían estado allí, Alyssa le había dicho que se olvidara de lo que había pasado, y temía que le fuera a decir lo mismo, pero tenía que probar.

—¿Qué es eso que me han dicho de que no vas a ir al rodeo? —preguntó con cautela.

Inmediatamente, se dio cuenta de que

se había equivocado, porque Alyssa dejó de sonreír y se tapó con la manta.

«Maldita sea. ¿Cómo lo hago?», se preguntó.

—Ya te dije que el hospital de animales quiere hacerme otra entrevista.

—¿Y tú quieres? —dijo intentando que no pareciera que le importaba tanto como le importaba.

—Es una buena oportunidad —contestó Alyssa muy alegre.

Mark sintió que se le caía el mundo a los pies. Había llegado demasiado tarde.

—Claro.

«Te quiero y quiero que te quedes», pensó.

—Es lo que siempre has querido —dijo cerrando los ojos.

—Sí —contestó ella.

Mark suspiró y se quedaron en silencio.

—Mañana me tengo que levantar pronto —anunció Alyssa al cabo de un rato.

Lentamente, buscaron la ropa y se vistieron.

—No te preocupes, Mark. Esto no ha cambiado nada. Seguimos siendo amigos —le aseguró.

—Bien —contestó él antes de montarse en la camioneta para volver a casa.

Capítulo Trece

ESTANDO en la habitación de Mark y mientras decidía qué camisa se ponía para el gran acontecimiento del rodeo, Dirk fue directo al grano.

—¿Qué tal con Alyssa anoche?

Al ver que Mark se sonrojaba, comprendió.

—Así que el vino dio resultado, ¿eh?

—Dirk, esto no era una cuestión de acostarme con ella.

—Pero te has acostado con ella, ¿no? —dijo Dirk cruzándose de brazos.

—Mira, Dirk, es más complicado...

—Mark, siempre es complicado. Siempre. El amor no es fácil y...

—La quiero —confesó Mark—. Pero no quiero interponerme entre ella y su futuro, y anoche me dijo que se quería ir a Billings.

—Ya —dijo Dirk sacudiendo la cabeza—. Eres el vaquero más tonto del mundo.

—Vaya, qué bien —dijo Mark yendo hacia la puerta.

—Lo que ella quiere —dijo Dirk poniéndose en su camino— es que le pidas que se quede. Es así de fácil, Mark. Si le pides que se quede, se quedará.

—No, no lo hará. No me quiere.

—Nunca lo sabrás si no se lo preguntas.

Mark se quedó pensativo.

—¿Por qué no me has dicho esto desde el principio? ¿Por qué me has tenido encendiendo velitas y cortando leña? ¿Por qué no me has dado este consejo antes?

Dirk se encogió de hombros.

—Tal vez porque la quería para mí —mintió.

—Pues los dos hemos llegado demasiado tarde —dijo Mark.

—No es demasiado tarde —le aseguró Dirk viéndolo tan desanimado—. Mira, no sé por qué tú no lo sabes cuando todos los demás lo sabemos, pero te voy a decir una cosa: Alyssa te quiere con todo su ser.

—Sí, claro, por eso se va, ¿verdad? —dijo Mark en tono sarcástico.

—Esta noche va a estar aquí, ¿no? Inténtalo.

—¿De verdad crees que me quiere?

—Estoy seguro.

Mark lo miró, asintió y salió de la habitación.

Dirk lo siguió y, al llegar a la cocina, donde estaban los demás hombres desayunando, se quedó con la boca abierta al verlos a todos vestidos como verdaderos vaqueros.

Sombreros, cinturones imposibles, corbatas de nudo, todo un espectáculo.

—Billy, ¿me podrías dejar un sombrero? —le preguntó.

—No va a hacer falta —contestó Ethan abriendo una caja—. Ya tienes uno —añadió sacando un precioso sombrero negro con una pluma.

Se acercó y se lo puso en el ángulo perfecto. Dirk sintió todo el poderío de Clint Eastwood y John Wayne en él.

Dirk se puso en pie y, echando la cadera hacia delante, dijo: «Muchachos», lo que en lenguaje vaquero quería decir: «Muchas gracias, esto significa mucho para mí». Los Cook levantaron el mentón orgullosos y asintieron, lo que quería decir: «De nada, eres un gran tipo».

Los vaqueros salieron de la casa para ir hacia sus caballos y mujeres. También estaba allí Guy.

«El amor no es fácil, pero merece la pena intentarlo», pensó Dirk mirando al hombre que llevaba diez años queriendo.

—¡Estúpida! ¡Estúpida! ¡Estúpida! —exclamó Alyssa golpeando el volante.

«Tengo toda una vida ante mí. Billings. Trabajo. El vecino guapo. No puedo seguir comportándome como si fuera el fin del mundo», pensó.

Por mucho que intentaba convencerse, no podía dejar de pensar que se estaba equivocando.

«Es porque estoy acostumbrada a quererlo y me cuesta cambiar. Los cambios siempre cuestan», se dijo.

Mientras conducía hacia Billings se dio cuenta de que era algo más.

¿Así que todos los esfuerzos con las velas, las flores y el vino habían sido solo para llevársela a la cama?

No podía ser.

¿Cómo que no? ¿Acaso no lo había invitado ella?

—Sí, pero Mark no es una persona que se tome las cosas a la ligera y, menos, acostarse con su mejor amiga —se contestó en voz alta.

«¿Y por qué no lo he pensado antes de irme esta mañana?», se preguntó.

Apoyó la cabeza en el volante. No quería ir a Billings. Así de sencillo. Esa era la verdad.

«Demasiado tarde».

Se sentía mal. Una mezcla de arrepentimiento y cólera se estaba apoderando de ella. ¿Desde cuándo era una persona práctica que creía que la lógica y la razón le darían en la vida lo que quería?

Siempre que había conseguido lo que de verdad quería había sido dejándose llevar por el corazón y no por la cabeza.

Hacer el amor con Mark, irse a vivir al Morning Glory, hacerse veterinaria, volver todos los veranos al rancho para sentirse parte de aquella maravillosa familia.

«Mira dónde te ha llevado ser práctica», le dijo una vocecilla. «Has salido con muchos hombres con los que no querías salir simplemente porque no eran Mark. ¡Fuiste a una universidad que no te gustaba y te vas a ir a una ciudad que no te gusta!».

Furiosa, echó el coche a un lado y tomó aire varias veces.

—¿Qué quiero? —se preguntó agarrando el volante con fuerza—. Alyssa Halloway, ¿qué quieres de verdad?

«Respuestas. Quiero que Mark me diga por qué me ha seducido. Quiero que me diga qué quiere él y quiero ser yo».

—¿Y esas respuestas las vas a encontrar en Billings? ¿No, verdad?

Alyssa se dio cuenta de que lo que le pasaba era que tenía miedo. Miedo de luchar por Mark y de decirle lo que sentía por él.

«Se acabó», decidió.

Dio la vuelta y se dirigió al rodeo dispuesta a encontrar respuesta a sus preguntas.

Capítulo Catorce

A pesar de que estaba en primera fila, Mark no podía concentrarse en el rodeo ni en la maravillosa actuación de Dirk.

Estaba concentrado en recrear en su mente los momentos que había pasado con Alyssa en las últimas semanas.

«¿Me quiere?», se preguntó.

—¡Te he estado buscando por todas partes! —exclamó Dirk al cabo de un rato.

Estaba furioso, y Billy seguía haciendo esfuerzos por no reírse. ¿Por qué se habría enfadado?

«Lo de que era mejor olvidarnos de todo, tal vez no lo dijera en serio».

—¡No me habíais dicho nada del toro! —bramó Dirk.

—Dirk, mira cómo es el animal —dijo Billy señalando al pobre toro, que tenía unos cien años y era manso como un perro—. No te preocupes, no te va a hacer nada.

Marco, que así se llamaba el toro, estaba dormido, y un par de niños le estaban haciendo cosquillas con un palo.

—¡No tengo ni idea de cómo se monta un

toro! —protestó Dirk.

—No te va a pasar nada —le dijo Mark.

«Ya no es suficiente... ¡Ahora lo entiendo!».

—¡Te digo que no sé cómo se monta a un toro!

—Te sientas encima de él, te agarras bien con las rodillas y levantas una mano —contestó Mark—. Marco lleva años sin tirar a nadie.

—Por cierto, Mark, Alyssa te estaba buscando hace un rato —comentó Billy.

—¿Cómo? ¿Está aquí? —dijo Mark sorprendido.

—Sí, y muy, pero que muy enfadada.

«Dios existe», pensó Mark decidiendo que aquello era una segunda oportunidad que no estaba dispuesto a dejar escapar.

—¿Dónde está?

—Por la zona de la comida, pero...

Billy no pudo terminar la frase porque Mark ya se había ido.

Mark miró por todas partes. Alyssa estaba allí. No había ido a la segunda entrevista. Había vuelto.

Decidió decirle lo que sentía por ella y ofrecerse a ir con ella a Billings si quería pero, sobre todo, que la quería.

Al llegar a la zona donde se llevaban a cabo las subastas de la comida que preparaban las mujeres, la buscó, pero no la vio.

Al que sí que vio fue a Matt Groames, el chaval que siempre quería la comida de Alyssa. No, de eso nada. Ese años, todos los sándwiches de jamón de Alyssa eran suyos y solo suyos.

—Sesenta dólares —ofreció Matt.

—Setenta —dijo él.

Aquel era el primer paso para hacerle ver que era suya.

—Sesenta y nueve dólares con cuarenta y cinco centavos —dijo Matt tras rebuscarse en los bolsillos.

—¡Cien! —gritó Mark—. Búscate otra chica —añadió recogiendo la comida y yéndose a buscar a Alyssa.

Iba tan concentrado buscando una cabellera rizada y pelirroja que no se dio cuenta y se chocó con alguien.

—¡Alyssa! —exclamó abrazándola—. ¡Cuánto me alegro de verte!

—No tan rápido —dijo ella—. ¡Tienes que explicarme varias cosas! —añadió zafándose de él.

—¿Qué?

—Sí, por ejemplo, ¿para qué querías el vino? —dijo golpeándolo en el pecho—. ¿Y las velas? —añadió con otro golpe—. ¿Y eso de cortar leña sin camisa? ¿A qué venía todo eso, Mark? Quiero saberlo.

—Yo...

—Llevo toda la vida esperando, Mark, toda la vida —lo interrumpió—. Esperando y preguntándome, y no me parece justo que hagas esto justo ahora que me tengo que ir.

—Lo sé. Si...

—¡No! —gritó Alyssa.

La gente los estaba empezando a mirar.

—Pero...

—Nada de «peros». Te quiero, Mark. Te quiero y necesito saber qué sientes tú por mí. Y no me refiero al sexo, que conste. Porque no me pienso quedar para que podamos subir al mirador de vez en cuando o para que nos perdamos por ahí en la camioneta.

—¿Te importaría bajar la voz?

—Sí, sí me importaría porque te...

Mark le tapó la boca.

—¿Puedo decir una cosa?

Alyssa asintió.

—Adelante —le dijo cruzándose de brazos.

Mark la miró y sonrió.

—No puedo dejar que te vayas. Si te vas, iré detrás de ti. Y no porque me quiera acostar contigo... aunque quiero, la verdad es que sí. Te deseo tanto que me estoy volviendo loco.

—Ya lo sé, Mark, a mí me pasa lo mismo, pero no es suficiente —dijo Alyssa con decisión.

—Me parece que no me entiendes, Alyssa —dijo acariciándole la mejilla—. Te quiero. No como amiga o como hermana, sino como esposa.

Alyssa se quedó inmóvil como una piedra al principio y, luego, se puso a temblar. Entonces, Mark la abrazó para darle fuerzas.

—Siempre te he querido, pero no lo sabía —le dijo sinceramente—. No sabía que lo que sentía por ti fuera amor.

—¿De verdad?

—Sí, de verdad.

—¿No lo dices para pedirme perdón por...

—Por favor, quiero casarme contigo. ¿Es eso pedir perdón?

—No, más bien una propuesta de matrimonio —sonrió Alyssa entre lágrimas—. No me lo puedo creer.

—Si quieres irte a Billings...

Alyssa le tapó la boca con cariño y Mark también sintió deseos de llorar.

—Te ofreciste a dejarme el dinero para montar una clínica aquí en Lincoln, ¿recuerdas?

—Si es lo que quieres, cuenta con ello.

—Es lo que quiero —contestó Alyssa abrazándolo—. Cuánto te quiero —susurró.

—Yo, también —contestó él acordándose de la comida—. De hecho, te quiero tanto que he batido todos los récords del rodeo y he pagado cien dólares por tus sándwiches.

Alyssa miró la tartera y empezó a reírse.

—No es mía. Me parece que vas a comer con Mary Raines.

—¿Cómo? —dijo viendo a Matt Groames consolando a la chica en cuestión.

Alyssa no podía parar de reírse y, en medio de todo el lío, Mark decidió que tenía ante sí un futuro perfecto. Como colofón, su futura mujer le dio un maravilloso beso que lo hizo olvidarse de los sándwiches de jamón hasta que anunciaron por megafonía que Dirk iba a montar a Marco.

Así fue. Dirk salió a la pista, se subió al animal y levantó las manos. Como todo el mundo se había enterado de que iba a estar en el rodeo aquel año, la afluencia de público había sido masiva.

Todos se pusieron en pie y aplaudieron. Tanto ruido despertó a Marco de su letanía y lo hizo moverse como un animal veinte años más joven.

De hecho, se volvió medio loco y Dirk tuvo que agarrarse como pudo para no salir despedido.

—Ay, Dios —murmuró Alyssa.

Mark la agarró de la mano y corrieron al redil. De camino, le dio la comida de Mary Raines a Matt Groames, que sonrió agradecido.

—¡No me lo puedo creer! —les dijo Billy cuando llegaron a su lado.

—¡Qué bien lo hace! —gritó alguien.

Era cierto. Dirk lo estaba haciendo como un profesional. Cuando sonó el timbre que anunciaba los doce segundos, tres payasos viejos y visiblemente nerviosos se acercaron para ayudarlo a bajarse.

Al soltar las riendas, Marco hizo un último movimiento y Dirk salió por los aires. Todos corrieron hacia él preocupados, pero estaba perfectamente y los recibió con una sonrisa triunfal.

—Por unanimidad, el jurado ha decidido nombre a Dirk Mason campeón del rodeo —anunciaron por megafonía.

Dirk saludó dando las gracias y el público se volvió loco.

—Me apuesto el cuello a que es la primera vez que lo gana un homosexual —dijo encantado antes de vomitar todo lo que se había comido en el concurso de productor horneados.

La familia Cook se quedó de piedra. Mark se volvió hacia Alyssa y vio que no estaba sorprendida.

—¿Lo sabías?

—Sí —confesó.

—¿Y todos esos paseos, esas citas y esos besos?

—De lo más inocentes —contestó Alyssa acariciándole la mejilla—. Él está enamorado de otra persona —añadió mirando a Guy.

—¿Guy?

—Lleva años enamorado de él. Como yo de ti.

—Sí, la historia me suena —dijo Mark agarrándola de la cintura y apretándola contra él.

to daily prayer. Whatever it takes, devotional
liturgies on index cards or sheets, notes or cal-
endars, notebooks or journals, devise a struc-
ture to help you with the daily life of daily
prayer.

4. *Study the prayers of the Bible.* . . . The pre-
served-forever prayers in the Bible serve as
our best tutors in prayer. Through these im-
passioned words of others, you and I can
learn how to better approach God with the
many matters in our busy and complex life. . . .

I remember one extraordinary year that
taught me much about prayer. As I began on
January 1 in Genesis 1 with a goal of reading
through my Bible in a year, I kept the book
All the Prayers of the Bible nearby. Each
day as I read my Bible, I also read the in-
spiring thoughts and comments and anal-
yses written in that book of many prayers that
occurred in my daily Bible reading. What a
treasure!

Another good source for such a study is
verse-by-verse commentaries written by
Bible scholars. These teachers offer an in-
depth breakdown of the contents of the
prayers of the Bible. Such resources is an
invaluable help to you and me with our
prayer life as these study aids give us in-
sights into the hearts of the very people Bible